Discul 1

Capra cu trei iezi (7:14).................. 7
Ursul păcălit de vulpe (5:52).................. 10
Fata babei și fata moșneagului (5:41).................. 12
Punguța cu doi bani (7:27).................. 14
Broasca-țestoasă cea fermecată (7:09).................. 17
Sarea în bucate (4:15).................. 20
Povestea unui om leneș (4:32).................. 22
Povestea porcului (9:43).................. 24
Fata săracului cea isteață (6:58).................. 28
Cinci pâini (3:45).................. 31
Prostia omenească (5:19).................. 33

Discul 2

Rodul tainic (8:31).................. 35
Povestea lui Harap-Alb (13:11).................. 38
Prâslea cel voinic și merele de aur (12:54).................. 43
Doi feți cu stea în frunte (7:36).................. 48
Ileana Sânziana (12:05).................. 53
Palatul de cleștar (7:35).................. 58
Greuceanu (11:48)..................62

Interpretează actorii:
Doina Iarcuczewicz, Iulia Deloiu Trif, Gabriela Andrei, Liviu Smîntînică, Gigi Șfaițer, Cristian Gheorghiu, Adrian Buliga.
Regia tehnică: Iulian Hardon

Povești
Românești

Interpretează actorii:
Doina Iarcuczewicz, Iulia Deloiu Trif, Gabriela Andrei, Liviu Smîntînică, Gigi Șfaițer,
Cristian Gheorghiu, Adrian Buliga.
Regia tehnică: Iulian Hardon

www.edituragama.ro

©2010 Editura Gama
Drepturile prezentei ediții aparțin Editurii Gama
Editor: Diana Mocanu
Ilustrator: Nicolae Tonița
Adaptare text: Oana Oprean
Art Director: Ella Nicuță

Tel.: 0232 230 212
Fax: 0232 231 776

Capra cu trei iezi

Adaptare după Ion Creangă

Era odată o capră care avea trei iezișori, unul mai frumos ca altul. Iedul cel mic era cuminte și ascultător, pe când ceilalți doi tare neastâmpărați și obraznici mai erau.

Într-o dimineață, mama capră plecă după mâncare pentru iezișori, dar înainte să plece le spuse:

— Dragii mamei, eu mă duc în pădure să caut ceva de-ale gurii, da' voi să fiți cuminți, să nu deschideți ușa nimănui, până ce nu veți auzi glasul meu. Și, ca să mă recunoașteți, voi cânta așa:

Trei iezi cucuieți,
Ușa mamei descuieți!
Că mama v-aduce vouă:
Frunze-n buze,
Lapte-n țâțe,
Drob de sare
În spinare,
Mălăieș în călcăieș,
Smoc de flori
Pe subsuori.

— Mergi liniștită, mămucă! se grăbiră iezii cei mari să răspundă. Suntem băieți mari și vom avea grijă să nu deschidem nimănui ușa. Mergi sănătoasă și să nu ai nicio grijă.

În acest timp, lupul cel rău asculta de după casă, pentru că demult pusese el gând rău bieților iezișori. După ce capra plecă, lupul bătu la ușă cântând ca și cum ar fi fost mama iezilor:

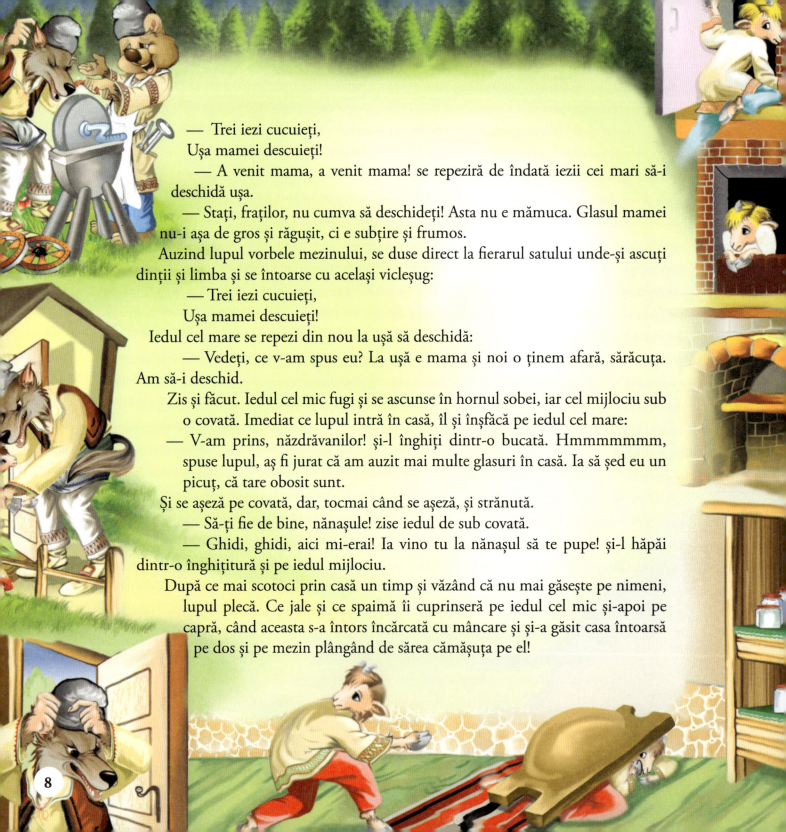

— Trei iezi cucuieți,
Ușa mamei descuieți!

— A venit mama, a venit mama! se repeziră de îndată iezii cei mari să-i deschidă ușa.

— Stați, fraților, nu cumva să deschideți! Asta nu e mămuca. Glasul mamei nu-i așa de gros și rășușit, ci e subțire și frumos.

Auzind lupul vorbele mezinului, se duse direct la fierarul satului unde-și ascuți dinții și limba și se întoarse cu același vicleșug:

— Trei iezi cucuieți,
Ușa mamei descuieți!

Iedul cel mare se repezi din nou la ușă să deschidă:

— Vedeți, ce v-am spus eu? La ușă e mama și noi o ținem afară, săracuța. Am să-i deschid.

Zis și făcut. Iedul cel mic fugi și se ascunse în hornul sobei, iar cel mijlociu sub o covată. Imediat ce lupul intră în casă, îl și înșfăcă pe iedul cel mare:

— V-am prins, năzdrăvanilor! și-l înghiți dintr-o bucată. Hmmmmmm, spuse lupul, aș fi jurat că am auzit mai multe glasuri în casă. Ia să șed eu un picuț, că tare obosit sunt.

Și se așeză pe covată, dar, tocmai când se așeză, și strănută.

— Să-ți fie de bine, nănașule! zise iedul de sub covată.

— Ghidi, ghidi, aici mi-erai! Ia vino tu la nănașul să te pupe! și-l hăpăi dintr-o înghițitură și pe iedul mijlociu.

După ce mai scotoci prin casă un timp și văzând că nu mai găsește pe nimeni, lupul pleca. Ce jale și ce spaimă îi cuprinseră pe iedul cel mic și-apoi pe capră, când aceasta s-a întors încărcată cu mâncare și și-a găsit casa întoarsă pe dos și pe mezin plângând de sărea cămășuța pe el!

— Ce s-a întâmplat aici, dragul mamei?
— Vai, mămucă, plângea iezişorul, cumătrul lup a venit după ce ai plecat şi i-a mâncat pe frăţiorii mei.
— Cumătrul lup? După ce mi-a jurat cu mâna pe inimă că nu o să vă atingă niciun fir de păr! Ei, lasă că şi-a găsit naşul! O să plătească scump pentru tot răul pe care ni l-a făcut.

Şi s-a pus capra pe treabă şi a pregătit un praznic mare, gătind bucate gustoase. Apoi le-a aranjat pe o masă chiar pe marginea unei gropi pe care o umpluse dinainte cu jăratic, apoi o acoperise cu crengi şi frunze. Deasupra aşeză un scăunel de ceară pregătit anume pentru lup. Şi l-a invitat pe lup la praznic, ca şi cum n-ar fi ştiut că el a fost cel care i-a mâncat copilaşii.

— Ia şezi matale, cumetre lup, şi înfruptă-te din bucatele astea pe care le-am pregătit în amintirea bieţilor mei iezişori.
— Dumnezeu să-i ierte, că tare bune bucate ai mai făcut, cumătră!

Şi lupul înfuleca hămesit tot ce era pe masă. Deodată, când mânca mai cu poftă, scăunelul se topi şi lupul căzu în foc.

— Vai, cumătră, scoate-mă de aici că-mi arde sufletul în mine!
— Mai tare mi-a ars mie sufletul când am venit acasă şi am aflat că i-ai mâncat pe bieţii iezişori. Suferă acum, lup hain, şi plăteşte pentru tot răul făcut.

Şi, împreună cu iedul cel mic, aruncă şi câţiva bolovani, scăpând astfel lumea de un răufăcător. Iar când caprele din jur au aflat ce s-a întâmplat, s-au strâns toate şi au sărbătorit şi s-au veselit, că nu mai era nicio primejdie pentru copilaşii lor.

Iar eu am încălecat pe-o şa şi v-am spus povestea mea!

Ursul păcălit de vulpe

Adaptare după Ion Creangă

Era odată o vulpe vicleană, ca toate vulpile de pe lumea asta. Și, deși umblase o noapte întreagă după hrană, nu găsise pe nicăieri. Mijindu-se zorii, vulpea ieși la marginea drumului și se așeză sub o tufă, cu botul pe labe, gândindu-se ce să mai facă, poate-poate o găsi pe undeva ceva de mâncare.

Și cum stătea ea așa, din depărtare îi veni un miros de pește și văzu că urcă de la piața din oraș un car încărcat cu pește. Lingându-se pe mustăți, își spuse:

— Iaca hrana ce-o așteptam!

Șireată ca nimeni alta, vulpea ieși de sub tufă și se întinse în mijlocul drumului, făcând pe moarta. Când carul ajunse în dreptul ei, se opri, iar țăranul se bucură nespus când dădu cu ochii de vulpe:

— Măi frate, da' cum a ajuns vulpea asta aici? Ce noroc că am dat peste ea, să vezi ce cațaveică frumoasă am să fac nevestei din blana ei!

Luă vulpea de jos și-o aruncă în car, chiar deasupra peștelui, apoi strigă la boi:

— Hăis, Joian! Cea, Bourean!

Însă, cum au pornit boii, vulpea a și început a împinge cu picioarele peștele jos din car. Țăranul mâna, carul scârțâia și peștele din car cădea. După ce hoața de vulpe aruncă o mulțime de pește, sări și ea din car cu băgare de seamă să n-o vadă țăranul și începu a strânge peștii de pe drum. După ce-i adună grămadă, îi duse în vizuina sa și începu a înfuleca, fiindcă tare foame îi mai era. Pe când se înfrupta mai cu poftă din peștele furat, iaca apăru și ursul.

— Poftă bună, cumătră! Dă-mi și mie niște peștișori, surioară, că am umblat toată ziua flămând prin pădure și n-am găsit nici măcar o tufă de zmeură uscată.

— Ba ia mai pune-ți matale pofta în cui! Și mergi și tu la baltă și pescuiește, așa cum am făcut și eu.

— Dar cum ai pescuit, cumătră? Învață-mă, te rog, și pe mine, că eu nu știu cum se prinde peștele.

— Du-te diseară la balta aceea din marginea pădurii, vâră-ți coada în apă și stai nemișcat până se face ziuă. Atunci smucește vârtos spre mal și ai să scoți o mulțime de pește, chiar mai mult decât am scos eu.

Când auzi ursul una ca asta, nu mai zăbovi mult și o luă la fugă spre baltă, băgă coada în apă și se puse pe așteptat. În acea noapte începuse a bate un vânt rece, de îngheță apa din baltă și prinse coada ursului ca într-un clește. Spre dimineață, nemaiputând îndura durerea și frigul, ursul se smuci o dată cu toată puterea ca să scoată peștele prins. Dar, în loc să scoată pește, rămase făr' de coadă.

Sărind în sus de durere și mormăind de furie, porni spre vizuina cumetrei vulpi cu gând să se răzbune.

— Ieși afară, vicleano, că din cauza ta am rămas și flămând, și fără coadă. Ieși, să te învăț eu minte să mai râzi de nevinovați!

Când îl văzu pe urs, vulpea se ascunse repede într-o scorbură și-i spuse de-acolo:

— Hei cumetre, da' ce-ai pățit? Ți-au mâncat peștii coada ori ai fost prea lacom și ai vrut să lași balta fără pește?

Când auzi ursul una ca asta, se repezi mânios spre scorbură, dar, cum nu încăpu, luă o creangă și-ncepu a cotrobăi pe-acolo, poate-poate o pune mâna pe vulpe.

Dar vulpea nu se lăsa așa ușor, iar când ursul apuca de piciorul ei, șireata striga cât o ținea gura:

— Trage, nătărăule! Puțin îmi pasă, că doar tragi de copac.

Iar când ursul apuca de copac, vulpea se văita:

— Văleu, nu mai trage, că mă nenorocești de tot!

Oricât a încercat ursul să scoată vulpea de-acolo și s-o învețe minte, șireata a scăpat nevătămată.

Și uite așa a fost ursul păcălit de vulpe și a rămas fără pește și fără coadă!

Fata babei și fata moșneagului

Adaptare după Ion Creangă

Erau odată un moș și o babă și fiecare avea câte o fată: fata babei era urâtă, leneșă și rea de gură, în vreme ce fata moșneagului era frumoasă, harnică și bună la suflet.

Baba îi făcea toate mofturile fiică-sii, în timp ce tot greul cădea pe fata moșneagului.

Dar, oricât de bine și de repede termina ea treburile din gospodărie, baba și fiică-sa o batjocoreau și o certau mereu în fața moșului.

Într-o zi, moșneagul, nemairăbdând vorbele și cicălelile neveste-sii, își chemă fata și-i zise:

— Draga tatei, iaca ce-mi spune maică-ta despre tine, așa că pleacă în lume și caută-ți norocul. Dar te sfătuiesc să fii harnică și cuminte, că atunci și Dumnezeu va fi de partea ta.

Fata sărută mâna părintelui și plecă în lume cu lacrimi în ochi și durere în suflet. Mergând ea mâhnită, întâlni în drum o cățelușă bolnavă și slabă de-i numărai coastele, care-o rugă:

— Fată frumoasă, fie-ți milă de mine și mă grijește, că ți-oi prinde bine vreodată!

Și fata moșului îngriji cățelușa, apoi merse mai departe până ajunse la un păr mâncat de omizi, care îi spuse:

— Fată frumoasă, grijește-mă și curăță-mă de omizi, că ți-oi prinde și eu bine vreodată!

Îngriji fata moșului părul și-l curăță, apoi merse mai departe.

În drumul său dădu peste o fântână părăsită, plină de noroi, și peste un cuptor crăpat și prăfuit, pe care le curăță și le îngriji cu mare pricepere.

După ce merse cale lungă, ajunse la o căsuță în mijlocul unei păduri, unde o întâmpină o bătrânică:

— Ce vânt te aduce pe aici, fată dragă?

— Măicuță, sunt o biată fată ce-și caută un stăpân pe care să-l slujească așa cum se cuvine.

— Atunci ai nimerit numai bine, răspunse bătrâna. Eu sunt Sfânta Duminică, așa că slujește-mi astăzi, că n-o să pleci cu mâinile goale

din casa mea. Trebuie să-mi îngrijești copilașii, să-i cureți și să faci de mâncare.

Fata cea harnică și ascultătoare s-a și pus pe treabă. A curățat casa și curtea, a făcut de mâncare și nu s-a înfricoșat atunci când copilașii Sfintei Duminici s-au dovedit a fi niște balauri și lighioane din pădure. Când bătrâna s-a întors de la biserică și a găsit bucatele calde, copilașii sătui și îngrijiți și curtea curată, tare s-a mai bucurat și i-a spus:

— Suie în pod și alege de acolo, drept răsplată, o ladă pe care o vei vrea, dar să n-o deschizi până nu ajungi acasă.

Fata urcă în pod și, dintre toate lăzile, o alese pe cea mai veche și mai urâtă și porni spre casă.

Pe drum, cuptorul o răsplăti cu plăcinte calde și proaspete, fântâna – cu apă limpede și rece în pahare de argint, părul – cu pere dulci și zemoase, iar cățelușa îi dădu o salbă de aur.

Când a ajuns acasă, moșneagul o întâmpină cu bucurie, apoi au deschis lada, de unde au ieșit cirezi de vite, herghelii și bogății nemaiîntâlnite.

Baba și cu fiică-sa mureau de ciudă văzând asemenea minunății, așa că cea din urmă grăi:

— Lasă, mamă, că plec și eu în lume și voi aduce bogății mai mari ca astea.

Plecă fata babei în lume, dar când întâlni cățelușa bolnavă, părul mâncat de omizi, fântâna și cuptorul părăsite și-i cerură ajutorul, ea le răspunse cu ciudă:

— Da' cum nu!? Nu-mi stric eu mânuțele ca să vă slugăresc pe voi!

Iar când ajunse la casa Sfintei Duminici, în loc să facă curat, să gătească și să îngrijească de copilași, nu făcu nimic cât fu ziua de lungă. Când Sfânta îi spuse să urce în pod să-și aleagă o ladă, fata babei o alese pe cea mai mare și mai frumoasă.

Bucuroasă, porni spre casă și pe drum întâlni fântâna, cuptorul, părul și cățelușa, dar se alese numai cu mușcături și zgârieturi din partea lor, așa cum merita. Când a ajuns acasă și a deschis lada, au ieșit numai balauri și au mâncat-o pe babă cu fată cu tot.

Iar moșul și cu fata lui au rămas singuri și au trăit fericiți până la adânci bătrâneți, bucurându-se de bogățiile din lada fermecată.

Punguța cu doi bani

Adaptare după Ion Creangă

Erau odată o babă și un moșneag. Baba avea o găină, iar moșneagul un cocoș. Găina babei se oua de câte două ori în fiecare zi și baba mânca o mulțime de ouă, iar moșneagului nu-i da niciunul.

Într-o zi, pierzându-și răbdarea, moșneagul îi zise:

— Măi babă, mănânci ca în târgul lui Cremene. Ia dă-mi și mie câteva ouă, ca să-mi prind pofta măcar!

— Ba mai pune-ți pofta în cui! Dacă vrei ouă, bate și tu cocoșul așa cum am bătut eu găina, și iacă-tă cum se mai ouă.

Luându-se după gura babei, moșneagul cel pofticios și hapsân prinse degrabă cocoșul și-i trase o mamă de bătaie, zicând:

— Na! Ori te ouă, ori du-te de la casa mea! Să nu mai strici mâncarea degeaba.

Cocoșul, când se văzu scăpat din mâinile moșneagului, fugi de acasă și umblă prin lume bezmetic. Cum mergea el așa pe drum, găsi în cale-i o punguță cu doi bani. Bucuros, cocoșul o luă în plisc și se îndreptă mândru spre casă pentru a i-o arăta moșului. Dar nici nu săltă bine din pinteni, că-i ieși în cale o trăsură cu un boier. Boierul se uită cu băgare de seamă la cocoș și, văzându-i punguța din plisc, îi spuse vizitiului:

— Băiete, ia dă-te jos și vezi ce are cocoșul acela în plisc!

Vizitiul se dădu iute jos, prinse cocoșul și-i luă punguța. Boierul luă mulțumit punguța, o cântări în palme, o băgă în buzunar și porunci vizitiului să pornească trăsura.

Cocoșul, supărat de astă întâmplare, se luă degrabă după trăsură strigând din toate puterile:

— Cucurigu, boieri mari! Dați punguța cu doi bani!

Văzând boierul cum se ține cocoșul după trăsură, când ajunseră în dreptul unei fântâni, îi spuse vizitiului:

— Vizitiu, aruncă cocoșul ista obraznic în fântână, poate om scăpa de dânsul.

Vizitiul se dădu jos, prinse cocoșul și-l aruncă în fântână. Cocoșul, văzând această mare primejdie, începu a înghiți toată apa din fântână.

14

Și înghiți, și înghiți, până termină toată apa, apoi ieși de acolo și se luă după trăsură, zicând:

— Cucurigu, boieri mari! Dați punguța cu doi bani!

— Măi, da' ce cocoș îndărătnic! Ei, las' că ți-oi da eu ție de cheltuială, măi crestatule și pintenatule!

Și cum ajunse boierul acasă, porunci unei babe de la bucătărie să ia cocoșul, să-l arunce în cuptorul plin cu jăratic și să acopere gura cuptorului cu o lespede. Cocoșul, cum văzu și asta mare nedreptate, începu a vărsa toată apa ce-o băuse în fântână, până ce stinse focul de tot, ba încă făcu și-o apăraie prin casă, în ciuda babei de la bucătărie. Apoi ieși de-acolo și fugi la fereastra boierului:

— Cucurigu, boieri mari! Dați punguța cu doi bani!

— Măi, da' mare belea mi-am mai găsit eu cu dihania asta de cocoș. Vizitiu, ia-l de pe capul meu și zvârle-l în cireada boilor și a vacilor, poate l-or lua în coarne și-om scăpa de supărare.

Vizitiul făcu după porunca boierului. Dar cocoșul începu a înghiți boi, vaci și viței, până înfulecă toată cireada. Apoi se-nfățoșă iar la fereastră, întinse aripile de întunecă de tot casa boierului și începu:

— Cucurigu, boieri mari! Dați punguța cu doi bani!

Când auzi una ca asta, boierul crăpă de ciudă și, după ce stătu puțin pe gânduri, spuse:

— Am să-l dau în vistieria cu bani, poate va înghiți la galbeni și i-a sta vreunul în gât și-oi scăpa de dânsul.

Zicând acestea, umflă cocoșul de-o aripă și-l azvârli în vistierie. Când se văzu între atâtea bogății, cocoșul înghiți banii și lăsă toate lăzile goale. Apoi ieși de-acolo, se duse la fereastra boierului și strigă:

— Cucurigu, boieri mari! Dați punguța cu doi bani!

Văzând că n-are ce-i mai face, boierul i-aruncă punguța cu cei doi bani. Cocoșul o luă cu bucurie și plecă spre casa moșneagului. Văzând voinicia cocoșului, toate păsările din curtea boierească se luară după dânsul, de ți se părea că-i nuntă, nu alta. Iar boierul se uită galeș cum se duceau păsările și-și zise oftând:

— Ducă-se și numai bine că am scăpat de belea, că lucru curat n-a fost aici!

Cocoșul merse țanțos până acasă, iar când îl văzu moșneagul așa de mare și înconjurat de atâta păsăret, tare se mai miră. Dar și mai mult se minună când cocoșul glăsui:

— Stăpâne, așterne un țol aici, în mijlocul ogrăzii.

Moșneagul așternu iute țolul și cocoșul scutură odată din aripi de toată ograda se umplu de cirezi de vite, iară pe țol vărsă o movilă de galbeni, care străluceau de-ți luau ochii. Moșneagul, văzând aceste mari bogății, nu știa ce să facă de bucurie. Atunci apăru și baba și, când văzu unele ca acestea, plesni de ciudă:

— Moșnege, dă-mi și mie niște galbeni.

— Ba pune-ți pofta-n cui și bate și tu găina să-ți aducă galbeni, așa cum am bătut și eu cocoșul meu.

Atunci baba dădu fuga în poiată, înhăță găina și o luă la bătaie de-ți venea să-i plângi de milă. Biata găină, cum scăpă din mâinile babei, o și rupse la sănătoasa. Mergând așa, găsi și ea o mărgică și-o înghiți. Apoi repede se întoarse acasă, se puse pe cuibar și, după vreun ceas, sări de-acolo cotcodăcind.

— Cotcodac! Cotcodac!

Baba dădu fuga să vadă ce comoară i-a adus găina și, când se uită în cuibar, ce să vadă? Găina ouase o mărgică! Baba, când văzu că și-a bătut joc găina de dânsa, se făcu foc și pară și-o bătu pân-o omorî. Și uite așa, baba cea zgârcită a rămas de tot săracă lipită pământului. Iar moșneagul și-a făcut case mari și grădini frumoase, și pe cocoș îl purta peste tot mândrindu-se cu el.

Broasca-țestoasă cea fermecată

Adaptare după Petre Ispirescu

A fost odată ca niciodată un împărat care avea trei feciori. După o vreme, acestora le veni vremea de însurătoare, așa că împăratul îi chemă și le spuse:

— Dragii tatei, acum sunteți mari. Mergeți de vă căutați ursitele, să intrați și voi în rândul oamenilor, să vă însurați și să-mi faceți nepoți.

— Vorbele tale, tată, sunt poruncă pentru noi! răspunseră cei trei frați și, după ce-i sărutară mâna, se pregătiră și plecară în lume să-și caute fiecare mireasa lui.

Fiul cel mare călători spre răsărit și ajunse la curtea unui vestit împărat ce avea o singură fată. Feciorul o peți, iar împăratul se învoi și le dădu binecuvântarea.

Fiul cel mijlociu merse spre apus și ajunse după o vreme la curtea unui împărat care avea o frumusețe de fată. Feciorul se îndrăgosti pe loc de ea, așa că îi ceru mâna și, cum împăratul fu de acord, se logodiră.

Numai cel mic nu se lăsa dus și nu prea-l trăgea inima la însurătoare. Dar, neavând ce face, plecă alene în lume. Poteca pe care mergea îl scoase drept la un eleșteu mare. Găsi o nuia lungă de alun, pe care o luă, așa, de florile mărului, fără să știe la ce are să-i folosească. Ajungând pe marginea eleșteului, începu să se joace cu nuiaua prin apă și să facă haz de cum săreau stropii în dreapta și-n stânga.

Fiul cel mic era tare gânditor și, tot jucându-se cu nuiaua prin apă, iată că o broască-țestoasă ieși pe luciul apei și se uită galeș la dânsul. Unde lovea el cu nuiaua, sărea și ea, dar ochii de la dânsul nu și-i mai lua.

Se uita cu mare mirare la ea și parcă inima-i sălta, dar, apropiindu-se de asfințit, se ridică și plecă acasă.

A doua zi pașii îl purtară spre același iaz, unde apăru din nou broasca-țestoasă, iar mezinul o privi gânditor.

A treia zi la fel... Ajunse fără veste pe malul lacului, pasămite că pașii îl purtau către ursita lui. Se uită în ochii broaștei și parcă îl săgetă ceva în inimă. Ar fi vrut să plece, dar ceva neștiut îl ținea locului. În cele din urmă, își luă inima în dinți și spuse:

— Tu vei fi logodnica mea!

— Îți mulțumesc din inimă, dragul meu iubit, grăi pe neașteptate broasca. Cuvântul tău a dezlegat toate farmecele care mă țineau înlănțuită. Tu ești ursitul inimii mele.

Fiul de împărat se înfricoșă când o auzi pe broască vorbind și cu siguranță că ar fi rupt-o la fugă, dar cuvintele broaștei fuseseră rostite cu blândețe și erau pline de bunătate. Atunci, broasca se dădu de trei ori peste cap și se prefăcu în zână, o zână gingașă și frumoasă cum nu mai era alta pe lume.

Bucuros, mezinul se întoarse acasă și povesti tuturor cum o cunoscuse pe ursita lui, care era o broască-țestoasă, dar nu avu timp să termine de povestit, că frații cei mai mari începură să râdă de el și să-l batjocorească. Atunci, feciorul cel mic își spuse în gând:

— Lasă, veți vedea mâine că cine râde la urmă râde mai bine.

A doua zi, feciorii împăratului plecară să-și aducă alesele inimilor la palat și să se cunune. Plecă și mezinul după logodnica lui la lac. Ajuns acolo, broasca-țestoasă se dădu de trei ori peste cap și se transformă în zâna cea frumoasă. Vorbiră ce vorbiră ei, apoi fiul împăratului îi spuse:

— E timpul să mergem la palat, să te prezint tatălui meu și să ne cununăm.

— Dragul meu logodnic, să știi că și eu sunt fată de împărat, dar niște farmece blestemate ne-au acoperit palatele cu apa asta murdară, iar pe mine m-au transformat din zână în broască-țestoasă. Ce vor spune părinții și frații tăi?

— Eu te-am ales așa cum ești, așa că lasă lumea să zică ce-o vrea. Acum pregătește-te și hai să pornim spre palat.

— La noi este obiceiul, spuse zâna, ca înainte de cununie să ne îmbăiem.

Și, făcând semn cu mâna, apa iazului se trase într-o parte și-n alta și de sub ape se iviră niște palate strălucitoare, încât la soare te puteai uita, dar la ele ba.

După ce se îmbăiară, o caleașcă de aur îi duse pe cei doi la palat. Când îi văzu, împăratul se bucură nespus, mai ales că mezinul avea cea mai frumoasă logodnică dintre toate. Zâna se purta cu gingășie, iar cu vorbele ei cuceri inimile tuturor mesenilor. Oaspeții erau atât de fermecați de frumusețea acesteia, încât nu-și mai luau ochii de la dânsa, iar urechile lor nu mai ascultau alte vorbe decât pe-ale ei, că tare le mergeau la suflet.

Văzând așa, frații mezinului își povățuiră logodnicele să facă și ele tot ce-or vedea pe zână că face la cununie și la masă. Și s-au pus toți pe petrecut la o masă dintr-acelea împărătești. Nurorile cele mari n-o mai scăpau din ochi pe zână și făceau întocmai ce făcea și ea: când zâna lua câte puțin din fiecare fel de mâncare și băga repede în sân, la fel făceau și ele.

Când se ridicară în zori cu toții de la masă, zâna se duse la împărat, îi sărută mâna și scoase din sân un buchet de flori pe care i-l dărui în semn de mulțumire, apoi se așeză smerită alături de soțul ei. Și, când scoase buchetul, locul se umplu de un miros frumos și nemaicunoscut până atunci de oameni.

Dar când se ridicară și celelalte două nurori pentru a mulțumi împăratului, hainele lor erau murdare și terfelite, făcându-se de râs în fața tuturor mesenilor, așa că plecară umilite la casele lor.

Atunci cu toții, cu mic și mare, în frunte cu împăratul, strigară într-un glas:

— Să ne trăiască doamna și împărăteasa noastră!

Apoi împăratul coborî de pe tron și în locul său urcară mezinul și zâna, iar ei domniră în liniște, pace și veselie toată viața.

Sarea în bucate

Adaptare după Petre Ispirescu

A fost odată ca niciodată un împărat văduv care avea trei fete. Acesta își iubea fetele ca pe ochii din cap și, cum ele creșteau pe zi ce trecea, împăratul se gândi să pună la încercare dragostea ce i-o purtau. Mai întâi o chemă pe fiica cea mai mare și o întrebă:

— Fata mea, cum mă iubești tu pe mine?

— Eu, tată, te iubesc ca mierea. Nimic nu e mai dulce ca mierea de albine.

Mulțumit de răspunsul fiicei mari, împăratul o întrebă și pe cea mijlocie:

— Dar tu cum mă iubești, draga tatei?

— Eu te iubesc ca zahărul, tată.

La urmă o chemă și pe mezină, care, rușinată și cu ochii în pământ, răspunse:

— Eu te iubesc ca sarea-n bucate, tată!

Auzind un așa răspuns, împăratul se mâhni și, plin de supărare, îi zise:

— Le-ai auzit pe surorile tale cât de mult mă iubesc? Și tu spui că mă iubești ca sarea-n bucate? Să pleci chiar acum de la casa mea, căci nu vreau să mai aud de tine, fiică nerecunoscătoare!

Și astfel mezina fu alungată de acasă. Fata își luă straiele cele mai vechi și mai ponosite și plecă în lume, câștigându-și pâinea muncind pe unde apuca. Într-o vreme, fiica cea mică ajunse la curtea împăratului vecin și intră ca ajutor la bucătărie și în casă. Pentru că era cuminte, harnică și înțeleaptă, împărăteasa o îndrăgi și deveniră nedespărțite.

Într-o zi, fiul împărătesei se întoarse rănit de la război, dar mezina și împărăteasa îl îngrijiră cu atâta dragoste, încât prințul repede se întremă. După ce se puse pe picioare, prințul, care prinse drag de fata din

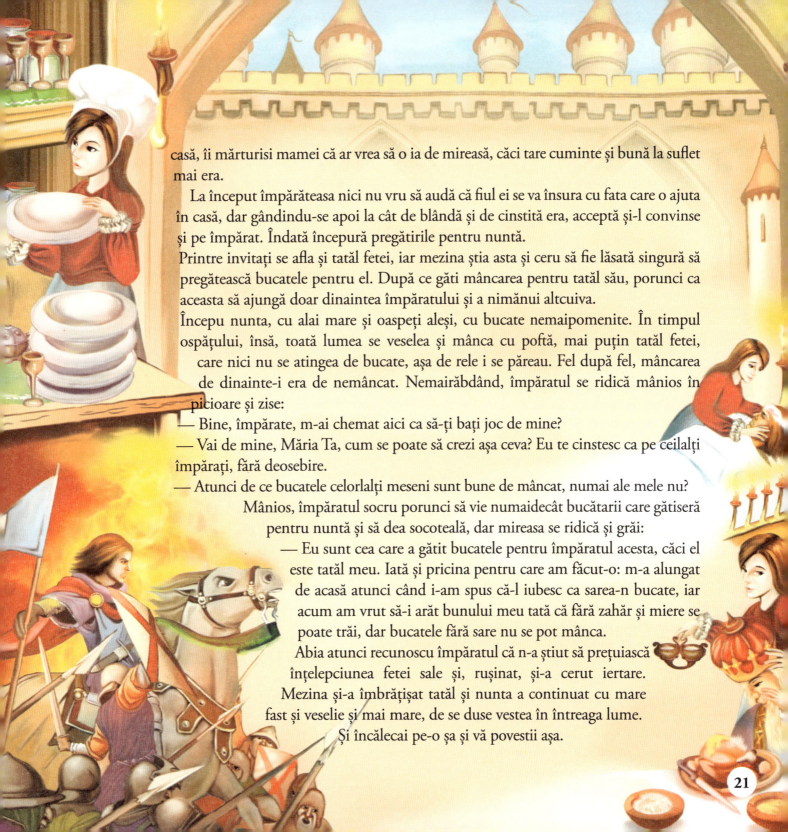

casă, îi mărturisi mamei că ar vrea să o ia de mireasă, căci tare cuminte și bună la suflet mai era.

La început împărăteasa nici nu vru să audă că fiul ei se va însura cu fata care o ajuta în casă, dar gândindu-se apoi la cât de blândă și de cinstită era, acceptă și-l convinse și pe împărat. Îndată începură pregătirile pentru nuntă.

Printre invitați se afla și tatăl fetei, iar mezina știa asta și ceru să fie lăsată singură să pregătească bucatele pentru el. După ce găti mâncarea pentru tatăl său, porunci ca aceasta să ajungă doar dinaintea împăratului și a nimănui altcuiva.

Începu nunta, cu alai mare și oaspeți aleși, cu bucate nemaipomenite. În timpul ospățului, însă, toată lumea se veselea și mânca cu poftă, mai puțin tatăl fetei, care nici nu se atingea de bucate, așa de rele i se păreau. Fel după fel, mâncarea de dinainte-i era de nemâncat. Nemairăbdând, împăratul se ridică mânios în picioare și zise:

— Bine, împărate, m-ai chemat aici ca să-ți bați joc de mine?

— Vai de mine, Măria Ta, cum se poate să crezi așa ceva? Eu te cinstesc ca pe ceilalți împărați, fără deosebire.

— Atunci de ce bucatele celorlalți meseni sunt bune de mâncat, numai ale mele nu?

Mânios, împăratul socru porunci să vie numaidecât bucătarii care gătiseră pentru nuntă și să dea socoteală, dar mireasa se ridică și grăi:

— Eu sunt cea care a gătit bucatele pentru împăratul acesta, căci el este tatăl meu. Iată și pricina pentru care am făcut-o: m-a alungat de acasă atunci când i-am spus că-l iubesc ca sarea-n bucate, iar acum am vrut să-i arăt bunului meu tată că fără zahăr și miere se poate trăi, dar bucatele fără sare nu se pot mânca.

Abia atunci recunoscu împăratul că n-a știut să prețuiască înțelepciunea fetei sale și, rușinat, și-a cerut iertare.

Mezina și-a îmbrățișat tatăl și nunta a continuat cu mare fast și veselie și mai mare, de se duse vestea în întreaga lume.

Și încălecai pe-o șa și vă povestii așa.

Povestea unui om leneș

Adaptare după Ion Creangă

A fost odată într-un sat un om grozav de leneș; de leneș ce era, nici îmbucătura din gură nu și-o mesteca. Sătenii, văzând că omul nu se încumeta să muncească nici în ruptul capului, hotărâră să-l spânzure ca să nu mai dea pildă de lenevire și altora din sat.

Și iaca așa, se aleg vreo doi săteni destoinici care se duc la casa leneșului, îl iau pe sus, îl pun într-un car cu boi și-l duc la locul de spânzurătoare.

Pe drum, întâlnesc trăsura unei boieroaice care avea moșia prin părțile acelea. Cucoanei i se făcu milă de leneș, crezându-l a fi bolnav, și-i întrebă pe cei doi țărani:

— Oameni buni, îl duceți pe acest sărman să se caute de sănătate?

— Da' de unde, cucoană! Să ne ierte domnia ta, dar omul aista e un leneș fără pereche în lume și-l ducem la spânzurătoare ca să scăpăm satul de un trândav ca el.

— Vai de mine, sărmanul suflet, să moară ca un om fără de lege! Mai bine duceți-l la moșie la mine. Am acolo un hambar plin cu posmagi. I-a mânca și a trăi și el pe lângă casa mea, că n-oi sărăci pentru o bucățică de pâine. Datori suntem a ne ajuta unii pe alții.

— I-auzi, măi leneșule, ce spune cucoana! Că te-a pune într-un hambar să mănânci posmagi toată ziua. Sari degrabă din car și mulțumește cucoanei că s-a milostivit de unul ca tine și te-a scăpat de la moarte. Noi gândeam să te spânzurăm, iar cucoana, cu bunătatea dumisale, îți dă adăpost și posmagi. Mare minune-i și asta! Hai, ce mai stai? Dă răspuns cucoanei, ori ba, ori da, că n-are vreme de stat la vorbă cu noi.

Lenea e cucoană mare care n-are de mâncare.

Atunci leneșul rosti mai cu jumătate de gură și fără a se mișca din loc:
— Da' muieți-s posmagii, cucoană?
— Ce-a zis? întrebă cucoana pe săteni.
— Ce să zică, milostivă cucoană! Întreabă dacă posmagii dumitale sunt moi.
— Vai de mine și de mine, așa ceva n-am mai auzit. Da' el nu poate să și-i moaie?
— Auzi, măi leneșule, te prinzi să moi posmagii singur ori ba?
— Ba! Mai bine mergeți tot înainte, ce atâta grijă pentru astă pustie de gură! răspunse leneșul a lehamite.
— Degeaba vreți a strica orzul pe gâște, milostivă cucoană. Doar nu-l ducem la spânzurătoare numai așa, de florile mărului.
— N-am fi pus noi oare toți mână de la mână să facem ceva dintr-însul? Dar ai pe cine ajuta? Doar lenea-i împărăteasă mare...
— Oameni buni, atunci faceți cum v-a lumina Dumnezeu, că eu asemenea binefacere nu mai fac.
Și cucoana plecă mai departe, mirată de așa întâmplare. Iar sătenii l-au dus pe leneș la locul cuvenit ca să se descotorosească de el. Și uite așa au scăpat și sătenii de leneș, și leneșul de săteni.
Mai poftească acum și alți leneși în satul acela dacă le dă mâna și-i ține cureaua!

Povestea porcului

Adaptare după Ion Creangă

Erau odată o babă și un moșneag: moșneagul avea o sută de ani, iar baba nouăzeci. Unde mai pui că, pe lângă bătrânețí, erau și săraci lipiți pământului. Dară supărarea lor cea mai mare era că n-aveau copii și ședeau singurei cât erau ziua și noaptea de mari. De la o vreme parcă era și mai rău, căci țipenie de om nu le deschidea ușa. Într-una din zile, baba oftă și-i zise moșneagului:

— Doamne, moșnege, de când suntem noi încă nu ne-a zis nimeni mamă și tată!

— Apoi dă, măi babă, ce putem face noi înaintea lui Dumnezeu?

— Așa este, moșnege, dar eu m-am gândit ca mâine, când s-a miji de ziuă, s-o iei la drum și ce ți-a ieși întâi în cale, fie om, fie jivină, acela să fie copilul nostru.

Moșneagul, sătul și el de atâta singurătate, făcu așa cum spuse baba. Porni a doua zi de dimineață la drum și merse până ce dădu peste o scroafă cu doisprezece purcei. Scroafa, cum îl văzu pe moșneag, o rupse la fugă cu purceii după dânsa. Numai unul, care era mai răpciugos și mai murdar, rămase pe loc. Moșneagul îl băgă-n traistă și porni cu dânsul spre casă.

— Iaca, măi babă, ce odor ți-am adus, să ne trăiască. Acum ia și pune de-l scaldă, că-i cam murdar mititelu'!

Luă baba purcelul, îl scăldă și-l îngriji așa de bine, că începu a crește văzând cu ochii, de-ți era mai mare dragul să te uiți la el! Numai de-un singur lucru era baba cu inima neîmpăcată: că nu putea să le zică mamă și tată.

Întorcându-se într-o zi moșneagul de la târg, baba-l întrebă ca-ntotdeauna:

— Ei, moșnege, ce mai știi de pe la târg?

— Ce să știu, măi babă? Împăratul vrea să-și mărite fata și a dat de știre că oricui poate face un pod de aur, de la casa lui și până la curtea împărătească, aceluia-i dă fata de soție. Iar cui nu izbutește să facă podul, pe loc îi taie capul.

Și, cum se sfătuiau bătrânii între ei, deodată se auzi de sub vatră:

— Tată, mamă, eu îl fac!

Când auziră una ca asta, baba ameți de bucurie, însă moșneagul se sperie de-a binelea.

— Tată, nu te-nfricoșa, că eu sunt! Du-te la împărat și spune-i că eu voi face podul.

Atunci moșneagul, nemaiavând ce zice, porni spre împărăție și, ajungând înaintea împăratului, acesta îl întrebă:

— Ce vrei de la mine, moșule?

— Să trăiți mulți ani cu bine, luminate împărate! Fecioru-meu m-a trimis să vă spun că el poate să facă podul.

— Dacă te prinzi așa, așa să fie, dar dacă până mâine dimineață podul nu va fi gata, are să-ți stea capul acolo unde-ți stau tălpile.

Și moșneagul porni spre casă și-i povesti babei porunca împăratului. Baba începu a plânge și a se văicări, dar purcelul umbla prin casă fără nicio grijă. Și bine știa el, căci noaptea, când toți dormeau, o dată a suflat purcelul din nări și bordeiul s-a prefăcut într-un palat strălucitor și până la palatul împăratului apăru un pod de aur. Nemaiavând încotro, împăratul își dădu fata după feciorul moșneagului.

Când fata văzu cine era mirele, strânse din umeri, își spuse că asta-i era soarta și se apucă de gospodărie. Purcelul cu care se căsătorise mușluia toată ziua, însă noaptea, la culcare, lepăda pielea de porc și se prefăcea într-un fecior nespus de frumos!

Fata îi povesti într-o zi împărătesei despre cum se preschimbă purcelul peste noapte și atunci mamă-sa o povățui:

— Draga mamei, să potrivești un foc zdravăn în sobă și, când a adormi bărbatu-tău, să iei pielea de porc și s-o dai în foc. Numai așa ai să scapi de ea.

Cum s-a întors împărăteasa cea tânără acasă, făcu precum o sfătui mamă-sa. Luă pielea și-o aruncă în sobă, iar de la duhoarea aceea feciorul se trezi înspăimântat și, lăcrimând, grăi:

— Femeie nepricepută, nici nu știi cât rău ai făcut!

Și o blestemă să nu poată naște copilul ce-l purta în pântece și atunci ea se trezi încinsă cu un cerc de fier.

— Când voi pune eu mâna pe mijlocul tău, atunci să se rupă cercul şi să se nască pruncul din tine. Şi să ştii că eu sunt Făt-Frumos şi mă vei găsi la Mănăstirea-de-Tămâie.

Nu termină bine de grăit, că se stârni un vânt năprasnic şi el se făcu nevăzut, iar podul de aur şi palatul moşnegilor se mistuiră. Fata se hotărî să-l caute pe Făt-Frumos şi porni în lume. Şi merse ea, tot merse cu pruncul în pântece până ajunse la o căsuţă şi bătu la poartă.

— Cine-i acolo?
— Om bun, măicuţă!
— Da' ce vânt te aduce pe-aici, femeie?
— Caut Mănăstirea-de-Tămâie şi nu ştiu în ce parte a lumii se află.
— Eu sunt Sfânta Miercuri şi poate te-oi putea ajuta.

Adună sfânta toate jivinele din împărăţia ei şi le-ntrebă de Mănăstirea-de-Tămâie, dar nimeni nu auzise de ea. Atunci Sfânta îi dărui o furcă de aur care torcea singură, şi fata porni iar la drum.

Şi merse şi tot merse până ajunse la Sfânta Vineri, dar nici aici n-avu noroc. În schimb, primi în dar o vârtelniţă de aur care depăna singură şi fu călăuzită spre Sfânta Duminică.

Fiind însărcinată în al treilea an, cu greu ajunse fata la Sfânta Duminică şi era cât pe ce să plece şi de aici fără vreo veste, dacă n-ar fi apărut un ciocârlan care ştia unde se află Mănăstirea-de-Tămâie. Sfânta îi dădu fetei o tipsie de aur şi o cloşcă cu pui tot de aur şi-i porunci ciocârlanului s-o ducă la Mănăstire.

După atâta amar de drum, de trudă şi primejdii, fata a ajuns la locul căutat. Ciocârlanul o povăţui ce trebuie să facă ca să-l găsească pe Făt-Frumos şi-i spuse să fie cu băgare de seamă la stăpâna acelui loc.

Fata se aşeză lângă o fântână să se odihnească şi scoase furca de aur.

Stăpâna Mănăstirii-de-Tămâie, văzându-i furca, o chemă şi-o întrebă:

— Cât ceri pe furca asta, femeie?

— Doar să mă lași o noapte în odaia unde doarme împăratul.
— Dă furca și rămâi aici la noapte, căci atunci se va întoarce împăratul de la vânătoare.

Dar stăpâna era o vrăjitoare și, știind că împăratul are obicei să bea în fiecare seară o cupă de lapte, i-a presărat un praf în aceasta ca să doarmă dus până dimineața.

În zadar a plâns fata toată noaptea și l-a rugat pe împărat să-i atingă mijlocul ca să se nască pruncul, căci el nu s-a trezit.

Dimineața, vrăjitoarea o dădu afară pe fată, aceasta se așeză iar lângă fântână și scoase de astă dată vârtelnița de aur.

Vrăjitoarea o chemă din nou și o lăsă încă o noapte în odaia împăratului în schimbul vârtelniței, dar cu același vicleșug.

Însă de data asta, credinciosul împăratului văzu și auzi tot, iar a doua zi îi povesti ce se petrecuse.

În a treia noapte, fata s-a întors iar la palat și i-a dat vrăjitoarei tipsia cu cloșca și puii de aur. Căzând în genunchi lângă patul soțului ei, începu a plânge și a se ruga:

— Făt-Frumos, fie-ți milă de mine și întinde mâna peste mijlocul meu să se rupă cercul și să se nască pruncul tău!

Făt-Frumos de astă dată nu mai băuse laptele, așa că întinse mâna, cercul plesni și de-ndată pruncul se născu. După aceasta, fata îi povesti câte a îndurat până când l-a găsit la capătul lumii.

Făt-Frumos porunci să fie adusă vrăjitoarea înaintea sa și o pedepsi aspru, căci află că era chiar scroafa cu purceii peste care dăduse moșneagul și care, prin vrăjitoriile ei, îl prefăcuse pe Făt-Frumos în purcel.

Întorși la casa lor, Făt-Frumos și fata împăratului au făcut nuntă mare și a ținut veselia trei zile și trei nopți, și mai ține și astăzi, dacă nu cumva s-o fi sfârșit.

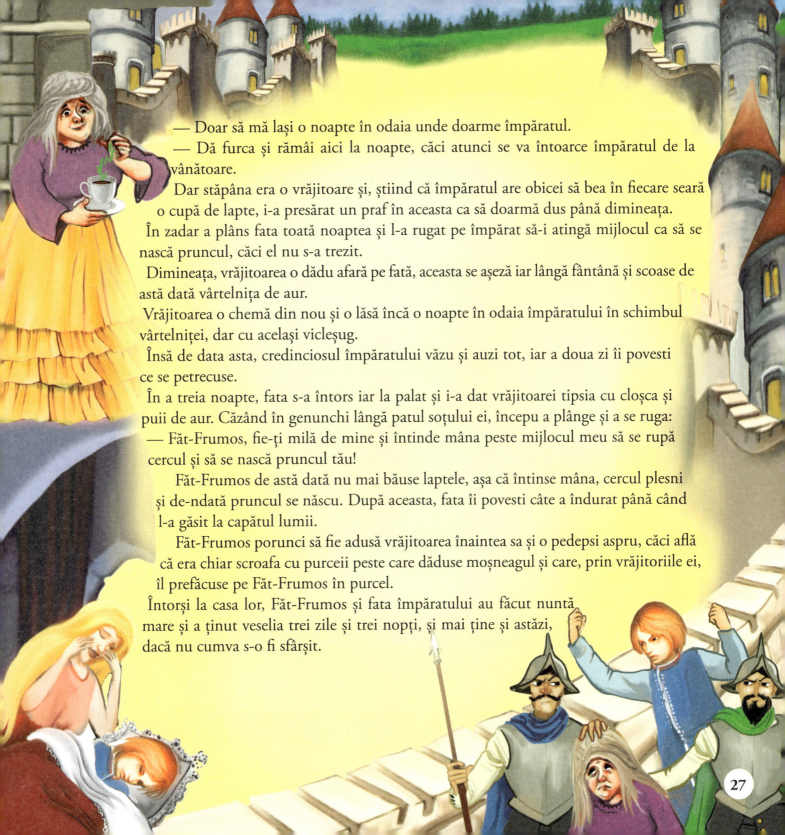

Fata săracului cea isteață

Adaptare după Petre Ispirescu

Erau odată un om și o femeie atât de săraci, încât n-aveau după ce bea apă. N-aveau nici casă, nici masă, în schimb aveau o puzderie de copii, slabi și zdrențăroși, care strigau toată ziulica de foame.

Muncea bietul om de dimineață până-n noapte de se spetea, dar parcă tot degeaba.

Dintre toți copiii, fata cea mare era mai tăcută, mai isteață și de mare ajutor părinților.

Într-o zi, boierului pe moșia căruia se aflau acești oameni i se făcu milă de ei și îl chemă pe tată și-i zise:

— Văd că ești harnic și muncești de te spetești. De aceea, îți dau un petec de pământ să-ți faci un bordei numai al tău. Du-te și alege-ți locul care îți place.

— Bogdaproste, boierule, și Dumnezeu să te-ajute, răspunse bietul om.

Și s-a dus sărmanul și a ales un petec de loc, iar până în seară a și săpat o groapă pentru bordei. Spre nenorocul lui, pământul era alături de al unui țăran bogat și mândru. În timpul nopții, o vită de-a acestuia a căzut în groapă și a murit. A doua zi, țăranul cel mândru îl luă pe săracul om și-l târî la boier să le facă judecată.

— Ce căutați aici, oameni buni? întrebă boierul.

— Boierule, începu țăranul cel bogat, prăpăditul acesta de om și-a săpat groapa pentru bordei și n-a avut grijă s-o acopere. Peste noapte mi-a căzut o vită-n groapă și a murit. Judecă dumneata acum, nu e dator să mi-o plătească?

— Boierule, răspunse omul cel necăjit, am săpat o groapă mare pentru bordei, ca să încapă toată familia, dar nici că m-am gândit să-i aduc pagubă vecinului.

Boierul rămase-n cumpănă, că nu știa cui să dea dreptate. După ce se gândi el nițel, zise:

— Am să vă pun trei întrebări. Cine va răspunde drept, a aceluia să fie dreptatea. Prima întrebare este asta: ce este mai gras pe lume? A doua: ce aleargă mai iute pe această lume. Și a treia: ce este mai bun pe lume?

Acum mergeți, dar dacă niciunul nu va ști răspunsurile, unde vă stau picioarele o să vă stea și capetele.

Și cei doi au plecat fiecare la casa lui. Bogătașul era vesel, lăudându-se că doar el are să ghicească, iar săracul plângea și tot sta pe gânduri. Văzându-l așa, fata cea mare îl întrebă:

— Tată, de ce ești așa de trist?

— Boierul ne-a poruncit să-i ghicim niște întrebări la care nici oamenii cei mai procopsiți nu i-ar putea răspunde, darămite niște sărmani ca noi.

— Te-ai mira, tată, la ce am putea fi buni și noi. Spune-mi mai bine care sunt întrebările acelea. Eu te-oi ajuta să-i dai boierului răspuns.

În dimineața când trebuia să se ducă la boier, fata-i spuse tatălui ce să răspundă. Se-nfățișară țăranul cel bogat și sărmanul înaintea boierului și, când acesta-i întrebă ce este mai gras pe lume, bogătașul răspunse:

— Porcul meu din ogradă, că are grăsimea pe el de-o palmă.

— Eu cred că pământul e mai gras, fiindcă el ne dă toate bunătățile pe care le avem, răspunse săracul.

— Așa este, spuse boierul. Și ce aleargă mai iute pe lumea asta?

— Armăsarul meu, boierule, aleargă de nu-i vezi copitele.

— Nimic nu aleargă așa de iute ca gândul, răspunse și săracul.

— Ai dreptate, sărmane, spuse boierul. Și acum spuneți-mi: ce este mai bun pe lume?

— Judecata cea dreaptă a domniei tale, răspunse bogatul.

— Eu, boierule, cred că nimic nu e mai bun pe lumea asta ca Dumnezeu.

— Adevărat este, grăi boierul și-i dădu dreptate sărmanului. Dar spune-mi, omule, cine te-a învățat să răspunzi, că din capul tău nu cred să fi ieșit cuvinte așa de înțelepte.

Săracul se cam codea, dar până la urmă îi spuse boierului tot adevărul. Mirat de istețimea fetei, boierul îi porunci ca a doua zi să vie cu fata la el, nici îmbrăcată, nici dezbrăcată, nici călare, nici pe jos, nici pe drum, nici pe lângă drum. Și așa se și întâmplă, căci fata cea isteață plecă spre curtea boierească călare pe un țap, și cum atingea pământul când cu un picior, când cu altul, nu era nici călare, nici pe jos. Iar cum țapul mergea când pe-o parte,

când pe alta a drumului ca s-apuce câte-un smoc de iarbă, fata era nici pe drum, nici pe lângă drum.

Văzând-o isteață și frumușică, boierul o ceru de nevastă, dar îi puse o condiție:

— Niciodată să nu judeci fără mine.

Și astfel cei doi se cununară.

Fiind boierul plecat într-o zi de la moșie, au venit doi țărani să se judece și au început să se jeluiască cuconiței.

— Aveam nevoie de o roată la căruță, că a mea se stricase. Și atunci l-am rugat pe vecin să-mi împrumute una. El mi-a dat roata aseară, dar azi, când să mă duc la treaba mea, am văzut că iapa mi-a fătat un mânz.

— Ba roata mea a fătat mânzul, îi tăie celălalt vorba.

Cucoana asculta și tăcea. Văzând țăranii că nu le face judecată, au întrebat-o:

— Da' unde-i dus boierul, cucoană?

— S-a dus să vadă de niște mălai pe care-l avem pe marginea unui iaz, că ies broaștele și mănâncă mălaiul, răspunse ea.

— Da' bine, cucoană, ce vorbă-i asta? Se poate ca broaștele să mănânce mălaiul?

— Dar roata poate să fete mânji? le răspunse ea.

S-au minunat atunci țăranii de atâta înțelepciune și au plecat fiecare la casa lui. Venind boierul acasă, întrebă:

— Ce s-a mai petrecut în lipsa mea?

Și nevasta-i povesti tot, iar boierul mânios îi spuse:

— Fiindcă ai judecat fără mine, ia-ți ce ți-e mai drag și du-te la tată-tău acasă.

— Așa am să fac, bărbate, dar hai să mai petrecem o dată împreună.

Și petrecură ei împreună, iar fata îi tot da să bea până-l îmbătă de-a binelea. Atunci îl luă în spinare și-l duse la tată-său acasă. A doua zi, când boierul se deșteptă întrebă unde se află.

— La tata acasă, îi răspunse cucoana. Mi-ai zis să iau ce mi-e mai drag din casă și așa am făcut, că nimic nu mi-a fost mai drag decât bărbatul meu.

Când auzi boierul asemenea vorbe înțelepte, o luă înapoi acasă, bucuros de odorul de soție ce-și luase.

Cinci pâini

Adaptare după Ion Creangă

Într-o vară, doi oameni călătoreau împreună colindând meleagurile când ici, când colo. Unul dintre ei avea-n traistă trei pâini, iar celălalt două. Când veni vremea să se odihnească și să prânzească, aleseră un loc la umbră și cu o fântână în apropiere. Tocmai când să ducă mâncarea la gură, lângă ei se oprește un drumeț:

— Ziua bună, oameni buni! Aveți milă de un străin și lăsați-mă, rogu-vă, să mă odihnesc și eu. Iar de mi-ți da și mie o îmbucătură, v-ați face mare pomană.

— Poftește, drumețule, cu noi la masă, că unde mănâncă doi mănâncă și al treilea, îl poftiră ei.

Se ospătară cu ce aveau înainte, iar când terminară, străinul le spuse:

— Primiți, vă rog, în semn de mulțumire ăștia cinci lei, pentru binele pe care mi l-ați făcut.

Cei doi se cam codeau și nu prea voiau să primească, dar până la urmă luară banii și porniră din nou la drum. Într-un târziu, cel care avusese trei pâini îi dădu celuilalt doi lei.

— Ține, frate, partea dumitale, așa cum se cuvine.

— Cum așa? zise celălalt. Mi se cuvine exact jumătate din cei cinci lei, să împărțim frățește.

— Păi eu cred că dacă am avut trei pâini, mi se cuvin trei lei, iar ție doi lei pentru cele două pâini din care am mâncat.

— Ba nu prietene, hai să ne judecăm și să ne facă altcineva dreptate.

Așa au ajuns ei în fața judecătorului. Cei doi îi povestesc întâmplarea cu cele cinci pâini și cu cei cinci lei. Judecătorul îi ascultă cu luare aminte, iar la sfârșit le grăiește astfel:

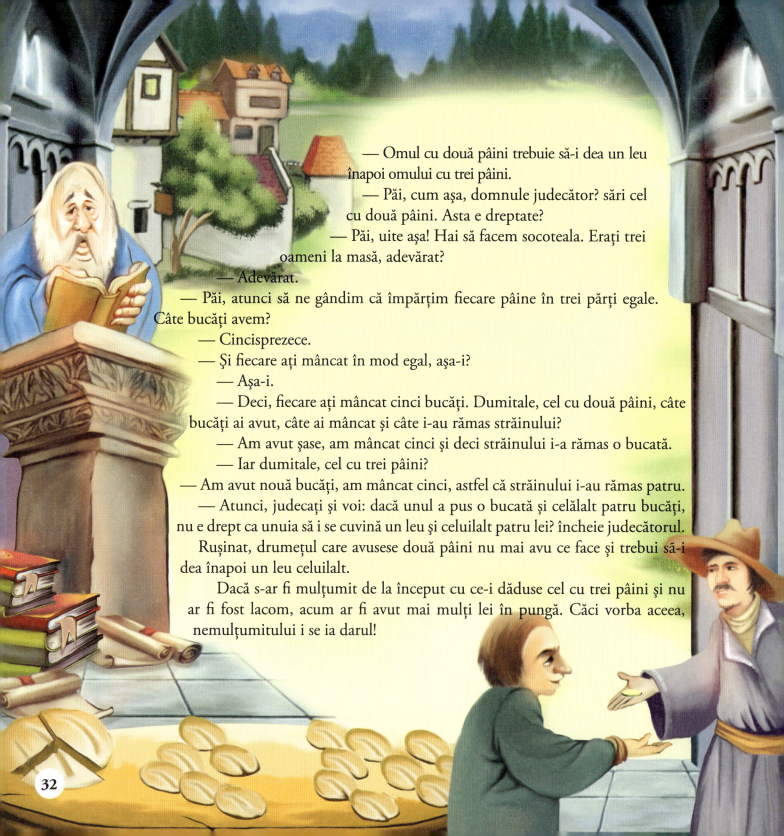

— Omul cu două pâini trebuie să-i dea un leu înapoi omului cu trei pâini.

— Păi, cum așa, domnule judecător? sări cel cu două pâini. Asta e dreptate?

— Păi, uite așa! Hai să facem socoteala. Erați trei oameni la masă, adevărat?

— Adevărat.

— Păi, atunci să ne gândim că împărțim fiecare pâine în trei părți egale. Câte bucăți avem?

— Cincisprezece.

— Și fiecare ați mâncat în mod egal, așa-i?

— Așa-i.

— Deci, fiecare ați mâncat cinci bucăți. Dumitale, cel cu două pâini, câte bucăți ai avut, câte ai mâncat și câte i-au rămas străinului?

— Am avut șase, am mâncat cinci și deci străinului i-a rămas o bucată.

— Iar dumitale, cel cu trei pâini?

— Am avut nouă bucăți, am mâncat cinci, astfel că străinului i-au rămas patru.

— Atunci, judecați și voi: dacă unul a pus o bucată și celălalt patru bucăți, nu e drept ca unuia să i se cuvină un leu și celuilalt patru lei? încheie judecătorul.

Rușinat, drumețul care avusese două pâini nu mai avu ce face și trebui să-i dea înapoi un leu celuilalt.

Dacă s-ar fi mulțumit de la început cu ce-i dăduse cel cu trei pâini și nu ar fi fost lacom, acum ar fi avut mai mulți lei în pungă. Căci vorba aceea, nemulțumitului i se ia darul!

Prostia omenească

Adaptare după Ion Creangă

A fost odată ca niciodată, că de n-ar fi nu s-ar povesti... a fost un om care trăia cu nevastă-sa, copilul și cu soacră-sa la un loc. Nevastă-sa era cam săracă la minte, dar nici soacră-sa nu era mai prejos.

Într-o zi, pe când bărbatul era plecat cu treburi pe-afară, nevasta puse copilul să doarmă în albie lângă sobă, căci era iarnă. Îl leagănă și-l alintă până ce acesta adormi. Dar nici nu adormi bine copilul, că femeia începu a boci cât o ținea gura:

— Aoleu, copilașul meu, se prăpădește copilașul meu!

Mamă-sa, care torcea după horn, când o auzi sări cât colo și-o întrebă cu spaimă:

— Ce ai, draga mamei?

— Mamă, copilul meu are să moară! Vezi drobul acela de sare de pe horn?

— Îl văd. Și?

— De s-a sui mâța acolo, are să-l trântească drept în capul copilului și să mi-l omoare.

Și, cu ochii țintă la drobul de sare, începură a se jelui și a boci amândouă ca niște smintite. Pe când plângeau mai tare, apăru și tatăl copilului pe ușă.

— Ce-ați pățit, ce v-a apucat de bociți așa?

Ele îi povestiră tot, iar omul, după ce le ascultă, zise cu mirare:

— Bre, mulți proști am mai văzut pe lumea asta, dar ca voi niciunul. Mă duc în lume și, de-oi găsi și alții la fel, mă voi întoarce, iar de nu, ba.

Zicând așa, oftă din greu și ieși pe poarta casei. Și cum mergea el supărat și fără să știe încotro, după o bucată de vreme ce să vadă? Un om ținea un coș de nuiele cu gura spre soare, apoi repede intra în bordei cu dânsul, și iar ieșea cu el la soare, și iar intra în bordei.

— Ce faci aici, om bun? îl întrebă drumețul nostru nedumerit.

— Ia, mă trudesc de câteva zile să car pocitul ăsta de soare în bordei, să am și eu lumină, dar nici chip să pot.

— Bre, n-ai vreun topor la îndemână? zise drumețul. Ia sparge aici și soarele va intra singur înăuntru.

Şi aşa şi făcu, iar când lumina soarelui intră în bordei, gazda nu ştia cum să-i mai mulţumească drumeţului.

— Încă un tont, îşi zise bărbatul şi plecă.

Şi, mergând el tot înainte, ajunse într-un sat şi se opri chiar la casa rotarului. Acesta îşi înjghebase un car în casă şi acum voia să-l scoată afară.

Se chinuia şi trăgea de proţap cu toată puterea, dar tot degeaba. Uşa era mai strâmtă decât carul şi rotarul voia acum să taie uşorii ca să-l poată scoate. Noroc că drumeţul l-a învăţat să-l desfacă în bucăţi, să le scoată afară pe rând şi să le înjghebe la loc. Rotarul nu ştia cum să-i mulţumească drumeţului:

— Mulţumesc, om bun! Era să dărâm bunătate de casă din cauza carului...

Numărând încă un nătărău, omul porni şi merse până ce ajunse la o altă casă şi, când se uită peste gard, ce văzu? Un om voia să arunce nişte nuci din tindă în pod cu o furcă.

— Ce te frămânţi aşa, om bun? îl întrebă drumeţul.

— Vreau să zvârl nişte nuci în pod şi furca asta nu-i de niciun folos.

— Degeaba te trudeşti, nene. Adu un coş, pune nucile într-însul şi suie-le frumuşel în pod. Furca e pentru paie şi fân, nu pentru nuci.

Iar drumeţul, numărând încă un neghiob, plecă din nou la drum. Merse mai departe, până ajunse să vadă altă năzbâtie şi mai şi: un om trăgea din răsputeri o vacă legată cu funie ca s-o suie pe şură, unde era nişte fân.

— Măi omule, se minună drumeţul, da' ce vrei să faci?

— Păi nu vezi? Vaca asta e hămesită de foame şi nu vrea cu nici un chip să suie pe şură să mănânce fân.

— Stai, omule, că spânzuri vaca aşa! Ia fânul de pe şură şi dă-l jos la vacă!

Omul ascultă şi făcu tocmai cum îi spuse drumeţul. Astfel vaca scăpă cu viaţă.

Drumeţul nostru, văzând că există pe lumea asta oameni şi mai netoţi decât nevastă-sa şi soacră-sa, se întoarse acasă şi petrecu lângă ai săi.

Ş-am încălecat pe-o şa şi v-am spus povestea aşa.

Unde nu-i cap, vai de picioare!

Rodul tainic

Adaptare după Ioan Slavici

A fost odată un împărat și în curtea lui se afla un pom atât de înalt, încât nu i se putea vedea vârful. Pomul acesta înflorea și rodea în fiecare an, dar nimeni nu văzuse niciodată ce fel de poame dădea. Era limpede că, an după an, prin înălțimile nepătrunse de ochiul omenesc, cineva culegea toate roadele pomului și nu lăsa să cadă vreuna pe pământ. Așa că, într-un an, împăratul dădu de știre că aceluia care îi va aduce roade din pom îi va da în căsătorie pe una dintre fetele sale.

Au venit boieri, feciori de împărat, feți-frumoși, dar niciunul nu reuși să se urce în pom. Dar la curtea împărătească era un flăcău din neam sărac, pe nume Danciu, care se înfățișă mândru în fața împăratului:

— Eu voi urca în pom, Măria Ta, și-ți voi aduce din poamele lui.

— Danciule, tu cutezi a încerca să-mi aduci mie din poamele fermecate? Nu ești de neam împărătesc și nu cred că vei izbândi, iar de nu vei reuși, să știi că dau poruncă să ți se taie capul.

Danciu se învoi să i se taie capul de nu va reuși și se pregăti de drum făurindu-și trei perechi de cățărătoare de fier.

În zorii zilei, Danciu începu a urca sus, tot mai sus, și urcă vreme de trei zile până ajunse la o colibă aflată într-o scorbură. Acolo flăcăul fu întâmpinat de o babă bătrână, mai bătrână decât vremea, care era chiar Mama Vântului.

— Bună seara, bunică dragă!

— Bună să-ți fie inima, dar ce te aduce pe aici, puiul mamei?

— Bunică dragă, nu știi matale ce fel de rod face pomul acesta?

— Așteaptă să vină fiul meu, poate o ști el, că doar suflă prin toate găurile și poate o fi știind ceva.

Și, când veni Vântul acasă, l-au întrebat, dar n-a știut ce să răspundă. Danciu a plecat cătrănit mai departe și a urcat încă trei zile până ce a dat peste altă colibă. Acolo locuia Omul-din-Lună, dar nici el n-a știut să-i răspundă.

Așa că flăcăul își puse o nouă pereche de cățărătoare, iar pe cele tocite le aruncă și urcă tot mai departe. După trei zile de urcat, Danciu dădu peste o babă și mai bătrână, Mama Soarelui, dar nici aici nu găsi răspuns la întrebarea lui.

Cu ultima pereche de cățărătoare, Danciu urcă și tot urcă până se pomeni la poarta Raiului, iar acolo păzea un moșneag care-l întrebă:

— Ai obosit, flăcăule, așa-i?!

— De, am cam obosit, moșule.

— Atunci ia șezi oleacă în locul meu și te odihnește până mă întorc.

Danciu se așeză și așteptă un ceas, două, dar moșneagul nu se mai întoarse. Încercă să se ridice, dar parcă-l țintuise în scaun. Stătu ce stătu, până când veni într-un târziu o fată frumoasă și-l întrebă dacă nu voia să intre vizitiu la Lia, Zâna Zânelor.

— Aș vrea, dar nu mă pot mișca de aici, căci un moșneag m-a lăsat pironit locului și a plecat.

Atunci fata a dat fuga la Zâna Zânelor și aceasta a trimis o slugă să-l caute pe moșneag și să-l aducă înapoi. Și astfel Danciu putu să plece de la poarta Raiului.

Când se înfățișă Danciu în fața Liei, aceasta-i spuse:

— Dacă vrei să intri vizitiu la mine, scaldă-te în butoiul acesta.

Fără să stea pe gânduri, flăcăul se scăldă, iar când ieși, ce să vezi? Era frumos de nu-i puteai găsi pereche pe fața pământului, astfel că Lia vru să-l ia de bărbat.

Și au făcut o nuntă mare, iar după nuntă Lia l-a trimis pe Danciu la vânătoare, spunându-i să-i aducă numai doi iepuri. Nici mai mult, nici mai puțin. Și a mers el ce a mers prin pădure, până ce a zărit un iepure pe care l-a și culcat la pământ cu săgeata-i.

Dar Lia îi ceruse doi, așa că merse prin codru până ce ieși de pe tărâmul Zânei Zânelor și dădu peste o turmă de iepuri. Danciu, nefiind un vânător bun, în loc să vâneze unul, a omorât trei. Îi părea rău, dar hotărî să se întoarcă cu ei acasă.

Când să iasă din codru, un uriaș furios peste măsură îi ieși în cale:

— Nu ți-e rușine obrazului că ai omorât trei dintre iepurii mei? Hai să ne măsurăm puterile, să vedem care e vrednic a-i fi soț Liei.

Nici bine nu termină uriașul vorba, că flăcăul îl culcă de-ndată la pământ cu săgeata.

Când a ajuns acasă, zâna s-a speriat văzând că a omorât patru iepuri, știind că trei dintre ei erau de pe tărâmul uriașului, și a început a plânge amarnic.

— Nu mai avea grija uriașului, frumoasă Lie, că m-am ocupat eu de el. Însă aș vrea, rogu-te, să te întreb ceva, dacă vrei să-mi dai răspuns. Ce fel de rod are pomul acesta?

— Asta e tot ce vrei să mă întrebi? O să-ți dau chiar să guști din aceste poame.

Atunci Lia chemă pe una dintre slugile ei și-i porunci să aducă zece poame. Sluga se întoarse cu trei mere de aur, trei pere de aur și patru prune de aur. Flăcăul luă poamele și grăi:

— Am de rezolvat ceva pe pământ, dar mă întorc negreșit la tine.

— Dacă e așa, poți coborî cât ai clipi cu acest leagăn care se lasă până la pământ.

Cât gândești cu gândul, Danciu ajunse pe pământ și merse la împărat pentru a-i da din roadele pomului. Împăratului nu-i prea venea a crede ochilor, dar se văzu nevoit să-i dea până la urmă fata, însă aceasta nu-l voia pe Danciu de bărbat nici în ruptul capului.

Danciu luă fata, se duse la casa mamei lui și o luă și pe aceasta la pomul cel înalt. Se suiră tustrei în leagăn și, când ajunseră sus, flăcăul îi spuse fetei împăratului:

— N-ai vrut să mă iubești, nici eu nu te iubesc!

Și, zicându-i aceasta, o aruncă din leagăn. Fata împăratului căzu timp de trei zile și trei nopți, iar când ajunse jos se făcu una cu pământul.

Flăcăului îi păru rău pentru fapta ce făcuse și hotărî să se întoarcă pe pământ să o învie pe fata împăratului, și pentru aceasta îi ceru ajutorul mamei sale.

— Presară praful acesta pe fața moartei, căci ea va învia, iar trupu-i se va întrema.

Așa și făcu, iar fata învie și împăratul, de bucurie, i-o dădu lui Danciu de bunăvoie, dar el îi spuse:

— Ține-ți fata și să trăiți mulți ani cu bine, că eu mi-am găsit soție.

Își luă rămas-bun de la toți de pe pământ, urcă în leagăn și-ntr-o clipă fu sus, unde Lia, Zâna Zânelor, îl întâmpină cu bucurie.

Și astfel cei doi au trăit fericiți și liniștiți în pomul fermecat și s-au înfruptat din roadele acestuia până la adânci bătrâneți.

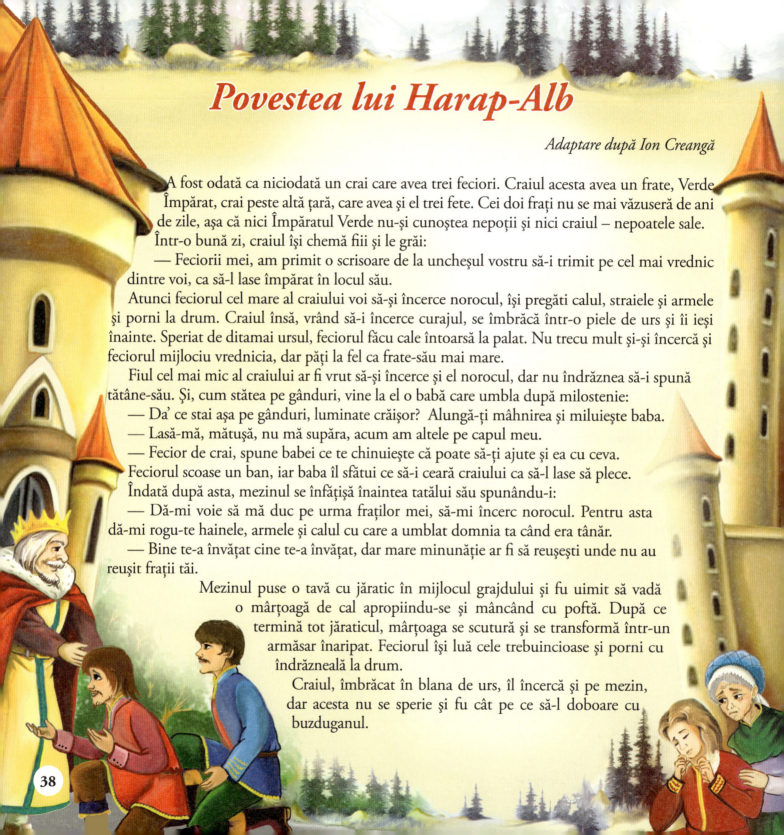

Povestea lui Harap-Alb

Adaptare după Ion Creangă

A fost odată ca niciodată un crai care avea trei feciori. Craiul acesta avea un frate, Verde Împărat, crai peste altă țară, care avea și el trei fete. Cei doi frați nu se mai văzuseră de ani de zile, așa că nici Împăratul Verde nu-și cunoștea nepoții și nici craiul – nepoatele sale. Într-o bună zi, craiul își chemă fiii și le grăi:

— Feciorii mei, am primit o scrisoare de la unchéșul vostru să-i trimit pe cel mai vrednic dintre voi, ca să-l lase împărat în locul său.

Atunci feciorul cel mare al craiului voi să-și încerce norocul, își pregăti calul, straiele și armele și porni la drum. Craiul însă, vrând să-i încerce curajul, se îmbrăcă într-o piele de urs și îi ieși înainte. Speriat de ditamai ursul, feciorul făcu cale întoarsă la palat. Nu trecu mult și-și încercă și feciorul mijlociu vrednicia, dar păți la fel ca frate-său mai mare.

Fiul cel mai mic al craiului ar fi vrut să-și încerce și el norocul, dar nu îndrăznea să-i spună tătâne-său. Și, cum stătea pe gânduri, vine la el o babă care umbla după milostenie:

— Da' ce stai așa pe gânduri, luminate crăișor? Alungă-ți mâhnirea și miluiește baba.

— Lasă-mă, mătușă, nu mă supăra, acum am altele pe capul meu.

— Fecior de crai, spune babei ce te chinuiește că poate să-ți ajute și ea cu ceva.

Feciorul scoase un ban, iar baba îl sfătui ce să-i ceară craiului ca să-l lase să plece.

Îndată după asta, mezinul se înfățișă înaintea tatălui său spunându-i:

— Dă-mi voie să mă duc pe urma fraților mei, să-mi încerc norocul. Pentru asta dă-mi rogu-te hainele, armele și calul cu care a umblat domnia ta când era tânăr.

— Bine te-a învățat cine te-a învățat, dar mare minunăție ar fi să reușești unde nu au reușit frații tăi.

Mezinul puse o tavă cu jăratic în mijlocul grajdului și fu uimit să vadă o mârțoagă de cal apropiindu-se și mâncând cu poftă. După ce termină tot jăraticul, mârțoaga se scutură și se transformă într-un armăsar înaripat. Feciorul își luă cele trebuincioase și porni cu îndrăzneală la drum.

Craiul, îmbrăcat în blana de urs, îl încercă și pe mezin, dar acesta nu se sperie și fu cât pe ce să-l doboare cu buzduganul.

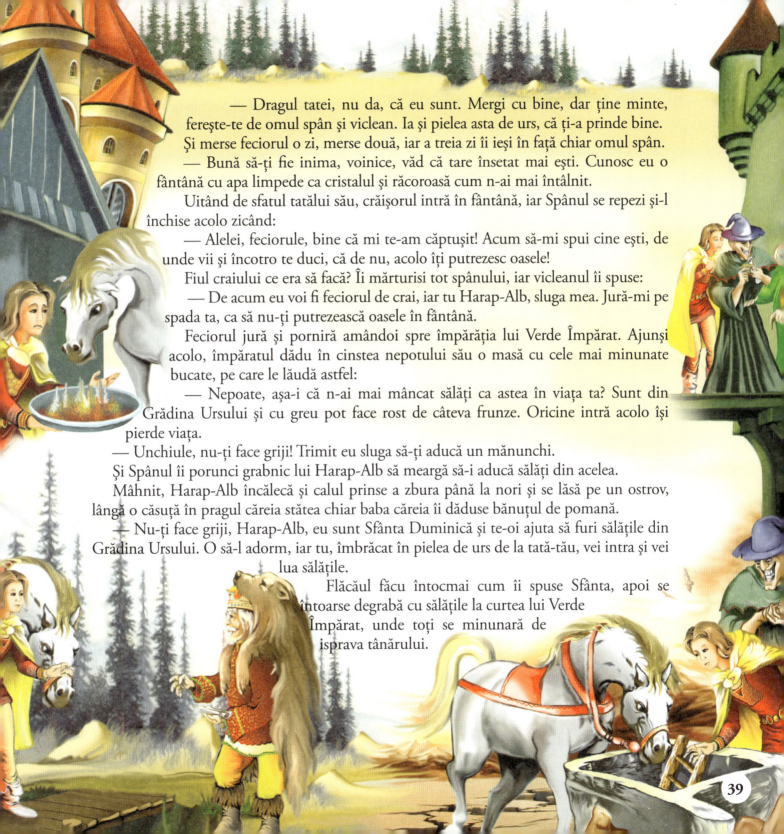

— Dragul tatei, nu da, că eu sunt. Mergi cu bine, dar ține minte, ferește-te de omul spân și viclean. Ia și pielea asta de urs, că ți-a prinde bine.

Și merse feciorul o zi, merse două, iar a treia zi îi ieși în față chiar omul spân.

— Bună să-ți fie inima, voinice, văd că tare însetat mai ești. Cunosc eu o fântână cu apa limpede ca cristalul și răcoroasă cum n-ai mai întâlnit.

Uitând de sfatul tatălui său, crăișorul intră în fântână, iar Spânul se repezi și-l închise acolo zicând:

— Alelei, feciorule, bine că mi te-am căptușit! Acum să-mi spui cine ești, de unde vii și încotro te duci, că de nu, acolo îți putrezesc oasele!

Fiul craiului ce era să facă? Îi mărturisi tot spânului, iar vicleanul îi spuse:

— De acum eu voi fi feciorul de crai, iar tu Harap-Alb, sluga mea. Jură-mi pe spada ta, ca să nu-ți putrezească oasele în fântână.

Feciorul jură și porniră amândoi spre împărăția lui Verde Împărat. Ajunși acolo, împăratul dădu în cinstea nepotului său o masă cu cele mai minunate bucate, pe care le lăudă astfel:

— Nepoate, așa-i că n-ai mai mâncat sălăți ca astea în viața ta? Sunt din Grădina Ursului și cu greu pot face rost de câteva frunze. Oricine intră acolo își pierde viața.

— Unchiule, nu-ți face griji! Trimit eu sluga să-ți aducă un mănunchi.

Și Spânul îi porunci grabnic lui Harap-Alb să meargă să-i aducă sălăți din acelea.

Mâhnit, Harap-Alb încălecă și calul prinse a zbura până la nori și se lăsă pe un ostrov, lângă o căsuță în pragul căreia stătea chiar baba căreia îi dăduse bănuțul de pomană.

— Nu-ți face griji, Harap-Alb, eu sunt Sfânta Duminică și te-oi ajuta să furi sălățile din Grădina Ursului. O să-l adorm, iar tu, îmbrăcat în pielea de urs de la tată-tău, vei intra și vei lua sălățile.

Flăcăul făcu întocmai cum îi spuse Sfânta, apoi se întoarse degrabă cu sălățile la curtea lui Verde Împărat, unde toți se minunară de isprava tânărului.

La vreo câteva zile după asta, împăratul îi arătă Spânului niște pietre prețioase care-ți luau ochii cu strălucirea lor.

— Nepoate, mai văzut-ai așa ceva? Se găsesc în Pădurea Cerbului, și cerbul acela e bătut tot cu pietre prețioase, iar cine îndrăznește să se apropie e împietrit pe loc de privirea-i otrăvitoare.

— Unchiule, eu pun rămășag că sluga mea are să-mi aducă pielea cerbului, cu cap cu tot.

Astfel porni Harap-Alb la drum și ceru iar ajutorul și povața Sfintei Duminici.

— Măicuță, Spânul vrea să-mi răpună capul cu orice preț, ajută-mă rogu-te!

Aceasta îl ajută și așa se făcu că Harap-Alb se întoarse cu pielea cerbului cea plină de pietre prețioase și cu capul acestuia, care avea o nestemată în frunte mare cât pumnul. Și toți se minunară și-l lăudară pe voinic, spre ciuda Spânului.

La vreo câteva zile, Împăratul Verde dădu un ospăț și atunci mesenii începură a lăuda pe fata Împăratului Roș, cât era de frumoasă și că nimeni nu îndrăznea să-i ceară mâna, căci nu se-ntorcea cu viață de la împărăția tatălui ei. Auzind asta, Spânul îi spuse lui Harap-Alb:

— Acum, degrabă, să-mi aduci pe fata Împăratului Roș, de unde știi și cum îi știi!

Pe drum, Harap-Alb ajută un roi de albine, iar Crăiasa Albinelor, în semn de mulțumire, îi dădu o aripă, să o poată chema când se va afla la nevoie.

Mai merse el cât merse și numai ce văzu o dihanie de om care se pârpălea lângă un foc și tot striga că moare de frig. Când sufla cu buzele sale groase, se punea promoroacă de-o palmă. Când văzu una ca asta, Harap-Alb zise cu mirare:

— Multe mai vede omul cât trăiește! Tu trebuie să fii Gerilă, pentru că și focul îngheață lângă tine.

— Râzi tu, râzi, Harap-Alb, dar unde mergi, fără mine n-ai să poți face nimic.

Pornirăm ei împreună la drum și după o vreme întâlnesc un om ce mânca brazdele de pe urma a douăzeci și patru de pluguri și striga în gura mare că moare de foame.

Mirându-se, Harap-Alb grăi:

— Că multe îmi mai văd ochii! Aista-i Flămânzilă, de nu-l poate sătura pământul!

— Râzi tu, râzi, Harap-Alb, dar acolo unde mergeți, fără mine nu veți face nicio ispravă.

Harap-Alb îl ia și pe Flămânzilă cu ei și pornesc tustrei înainte.

Și mergând ei, iaca văd o minunăție și mai mare: un om băuse apa de la douăzeci și patru de iazuri și striga că se usucă de sete.

— Da' ce arătare de om e și acesta! Se vede că e prăpădenia apelor, vestitul Setilă.
— Râzi tu, râzi, Harap-Alb, dar unde vă duceți voi, veți avea mare nevoie de mine.

Îl iau și pe Setilă și pornesc tuspatru înainte. Și mergând ei o bucată, văd altă minunăție și mai și: o năzdrăvănie de om avea în frunte numai un ochi și când îl deschidea nu vedea nimica, iar când îl ținea închis vedea până în măruntaiele pământului.

Harap-Alb atunci se bate cu mâna peste gură și zice:
— Doamne, că tare-i de plâns, sărmanul! Pesemne că acesta-i vestitul Ochilă.
— Râzi tu, râzi, Harap-Alb, dar unde te duci, fără de mine rău are să-ți cadă.

Ochilă atunci se ia și el după Harap-Alb și pornesc toți înainte. Și mai mergând ei o bucată, iacă altă bâzdâganie și mai și: o pocitanie de om vâna păsări. Le prindea cu mâna din zbor, iar când voia, se lățea de cuprindea pământul în brațe. Harap-Alb, cuprins de mirare, zise:
— Pe acesta cum l-o mai fi chemând? O fi oare vestitul Păsări-Lăți-Lungilă?
— Chiar eu sunt, Harap-Alb, și unde vă duceți voi, veți avea mare nevoie de mine.

Păsări-Lăți-Lungilă se luă atunci după Harap-Alb și merseră cu toții până ajunseră la împărăția lui Roș Împărat.

Harap-Alb se înfățișă înaintea împăratului, spunându-i cine-i și pentru ce anume a venit. Împăratului i-a fost de mirare văzând că vin cu nerușinare să-i ceară fata și-și spuse ca pentru sine:
— Las' că am eu ac de cojocul vostru. Nu plecați voi așa ușor de la mine, fără să vă osteniți oleacă!

Apoi împăratul îi trimise să doarmă în casa de aramă, sub care ardea un foc strașnic. Dar Gerilă suflă de trei ori, iar casa rămase nici fierbinte, nici rece, ci cum e mai bine de dormit.

A doua zi, Harap-Alb se înfățișă iar înaintea împăratului să-i ceară fata. Nevenindu-i să-și creadă ochilor, împăratul le încercă iar puterile și îi chemă să se ospăteze. Așa că le aduse lui Harap-Alb și tovarășilor săi douăsprezece care cu pâine și douăsprezece buți pline cu vin.

Flămânzilă începu a înfuleca tot ce era pe masă, iar Setilă a bea tot vinul, încât ceilalți abia avură ce gusta. Împăratul, când văzu că năzdrăvanii se plângeau de foame și de sete, își puse mâinile în cap de necaz.

Atunci Harap-Alb îi spuse:

— Luminate împărate, acum cred că mi-ți da fata, să ne ducem și noi, să nu mai încurcăm pe aici.

— Va veni și vremea aceea, voinice, dar până atunci mai este de treabă! Fata mea are să se culce, iar tu o să mi-o păzești toată noaptea. Și dacă mâine dimineață s-a afla tot acolo, atunci poate ți-o dau.

Și Harap-Alb se pune de strajă la ușa fetei. La miezul nopții, fata împăratului se preface într-o păsărică și zboară nevăzută. Dar Ochilă o vede și-i dă de știre lui Păsărilă:

— Măi, Păsărilă, iacăt-o colo, după lună!

Atunci Păsărilă se deșiră și se înalță până la lună, înșfacă păsărica de coadă și o duce înapoi la palat. A doua zi dimineață, când văzu că fata e tot în odaia ei, împăratului îi scânteiau ochii de ciudă, dar îi spuse feciorului:

— Bine, voinice, însă eu mai am o fată de-o vârstă cu fiica mea; și nu e deosebire între dânsele. Dacă o vei recunoaște pe fiica mea, ți-o dau. Iară de nu, să vă risipiți de la casa mea!

Văzându-se în încurcătură, Harap-Alb își aduse aminte de Crăiasa Albinelor și arse aripa pe care i-o dăduse aceasta. Îndată sosi Crăiasa Albinelor și-i spuse cum îl va ajuta: să fie numai cu ochii pe cele două fete și pe cea pe a cărui obraz se va așeza, aceea e adevărata fiică a împăratului. Astfel, Harap-Alb o descoperi pe fiică și se prezentă împăratului:

— Luminate împărat, de-acum cred că mi-ți da fata, ca să vă lăsăm în pace și să ne ducem în treaba noastră.

Împăratul, nemaiavând de ales, se învoi.

Așa câștigă Harap-Alb mâna și inima fetei, căci aceasta pe loc prinse drag de el, iar când ajunseră la curtea Împăratului Verde și-l văzu pe Spân, fata-l împinse cât colo:

— Lipsește dinaintea mea, Spânule! Eu am venit pentru Harap-Alb, căci el este adevăratul nepot al craiului.

Și aflându-se în sfârșit adevărul, Spânul își primi pedeapsa cuvenită, iar Harap-Alb se însură cu fata Împăratului Roș și moșteni tronul unchișului său, împărățind cu dreptate și milostenie până la adânci bătrânețe.

Prâslea cel voinic și merele de aur

Adaptare după Petre Ispirescu

Era odată un împărat care avea trei feciori mândri și voinici, parcă rupți din soare. În grădina palatului lor creștea un măr care făcea numai mere de aur. Tare se mai mândrea împăratul cu pomul acela minunat, dar și supărarea-i era mare, căci niște pârdalnici de hoți îi furau mereu fructele înainte de a apuca să guste din ele.

În ajutorul împăratului săriseră cei mai aleși ostași și voinici flăcăi, printre care și feciorii cel mare și cel mijlociu ai împăratului, dar nimeni nu izbutise să prindă hoții.

Împăratul, deznădăjduit, își puse în gând să taie pomul, dar fiul său cel mic, Prâslea, se ruga de tată-său:

— Tată, ai suferit atâtea necazuri de pe urma acestui pom, te rog lasă-mă și pe mine să-mi încerc norocul.

— Fugi de-aici, nesocotitule! Frații tăi cei mai mari și atâția oameni voinici n-au făcut nicio ispravă și tocmai un mucos ca tine o să izbutească?

— Tată, o încercare de-oi face și eu nu poate să-ți aducă niciun rău.

Împăratul se înduplecă și-l lăsă și pe Prâslea să-și încerce norocul. Cum veni seara, Prâslea își luă cărți de citit, două țepușe, arcul și tolba cu săgeți, apoi își alese un loc de pândă lângă pom, bătu țepușele în pământ și se așeză între ele.

Pe la miezul nopții simți că-l prinde somnul, dar când îi cădea capul se lovea în țepușe și se deștepta. Pe la revărsatul zorilor, auzi un fâșâit în grădină. Își luă arcul și trase trei săgeți, iar când lovi cu a treia auzi un vaiet și apoi o tăcere de moarte.

Cum se lumină de ziuă, Prâslea culese câteva mere de aur și i le duse tatălui său. Niciodată nu s-a bucurat împăratul mai mult decât atunci când a văzut merele, dar Prâslea nu s-a mulțumit cu atât și s-a hotărât să-l caute pe hoț. A doua zi, mezinul și cu frații lui au plecat pe urma hoțului.

Se luară după dâra de sânge până la o prăpastie, iar acolo-i pierdură urma. Pentru că frații lui mai mari se codiră, Prâslea hotărî să coboare singur în prăpastie.

— Fraților, lăsați-mă pe mine în prăpastie. Când veți vedea că mișc frânghia, voi mai mult să mă lăsați în jos, iar când frânghia se mișcă de lovește marginile gropii, să mă scoateți afară.

Coborî Prâslea până nu se mai mișcă frânghia deloc. Atunci frații, care prinseseră ciudă pe el pentru că fusese mai vrednic decât ei, se sfătuiră:

— Să vedem dacă face vreo izbândă și atunci, orice-a fi, să-l pierdem, să scăpăm de el că ne-a făcut să scădem în ochii tatălui nostru și ne face de rușine.

Când ajunse Prâslea pe tărâmul celălalt, merse cale lungă până dete peste un palat cu totul și cu totul de aramă. În pragul ușii îl întâmpină o fată frumușică, care îi zise:

— Mulțumesc lui Dumnezeu că am ajuns să mai văd om de pe tărâmul nostru! Cum ai ajuns aici, voinice? Căci asta este moșia a trei frați zmei care ne-au răpit de la părinții noștri. Suntem trei surori și fete de împărat de pe tărâmul de unde vii și tu.

Atunci el îi povesti despre hoțul care fură merele de aur și cum a ajuns acolo urmând dâra de sânge, apoi o întrebă pe fată ce fel de zmei sunt aceia și dacă sunt voinici.

— Sunt ei voinici, dar cu voia lui Dumnezeu poate-i vei birui. Până una alta ascunde-te, să nu dea zmeul peste tine. Acum e timpul când are să vină acasă și are obicei de aruncă buzduganul cale de un conac și lovește în ușă, în masă și se pune în cui.

Nici nu apucă fata să isprăvească vorba că buzduganul lovi în ușă și se așeză în cui. Dar Prâslea luă buzduganul și-l azvârli cu putere înapoi. Zmeul, mânios, ajunse acasă cu o falcă în cer și strigă:

— Miroase a carne de om. Ce vânt te-a adus pe aici, omule, vrei să-ți rămâie oasele pe alt tărâm?

— Am venit să-i prind pe hoții merelor de aur ale tatălui meu.

— Noi suntem aceia. Cum vrei să ne batem? În buzdugane să ne lovim, în săbii să ne tăiem ori în luptă să ne luptăm?

— Ba în luptă, că e mai dreaptă, răspunse Prâslea.

Atunci se luptară și se luptară, până se opinti Prâslea odată de-l băgă pe zmeu în pământ până la genunchi și-i tăie capul. Fata, plângând de fericire,

îi mulțumi lui Prâslea că a scăpat-o de zmeu și îl rugă să-i fie milă și de surorile ei. Prâslea o luă pe fată și merseră la sora mijlocie, care era prizonieră într-un palat de argint.

Când fata îl văzu, îl rugă să se ascundă, dar el nu o ascultă și, când veni buzduganul pe care-l aruncase zmeul cale de două conace să se așeze-n cui, el îl luă și-l aruncă mult mai îndărăt. Zmeul veni tulburat, se luptă, iar Prâslea îl birui și pe acesta.

La rugămințile fetelor, porni și spre sora cea mai mică s-o scape din robie. Ajunse la palatul acesteia, care era de aur, iar fata cea mică îi zise:

— Deși e mai puternic decât frații lui pe care i-ai omorât, cu ajutorul lui Dumnezeu și mai ales că e și rănit din lovitura ce i-ai dat cu săgeata când a vrut să fure merele, nădăjduiesc că-i vei veni de hac.

Când zmeul aruncă buzduganul cale de trei conace, Prâslea îl aruncă și mai departe. Ajungând iute acasă, zmeul turbat de mânie întrebă:

— Cine este cel care-a cutezat să calce pe hotarele mele și să intre-n casa mea?

Prâslea, ieșind la iveală, îi spuse cu curaj:

— Eu sunt și Prâslea îmi este numele. Am venit să ne luptăm în luptă dreaptă pentru că tu și frații tăi ați furat din merele de aur ale tatălui meu.

Și se luptară, se luptară, zi de vară până-n seară. Și odată se opinti Prâslea de-l băgă pe zmeu în pământ până la gât și-i tăie capul. Se bucurară fetele și-l îmbrățișară pe voinic, apoi îi spuseră că în fiecare dintre palatele zmeilor este câte un bici, cu care dacă lovește în cele patru colțuri ale palatelor se fac niște mere. Așa și făcură și fiecare dintre fete se alesese cu câte un măr: cea mare cu măr de aramă, cea mijlocie cu măr de argint, iar mezina cu măr de aur.

După asta se pregătiră să se întoarcă pe tărâmul pământesc și, când ajunseră la groapă, Prâslea scutură frânghia de se lovi de marginile gropii și frații săi scoaseră mai întâi pe cele trei surori, fiecare cu mărul ei. Însă mărul mezinei îl opri Prâslea la sine.

Când veni și rândul lui să fie scos din prăpastie, Prâslea își puse frații la încercare, căci simți că aceștia îi purtau sâmbetele. Așa că legă o piatră de frânghie și bine făcu, căci

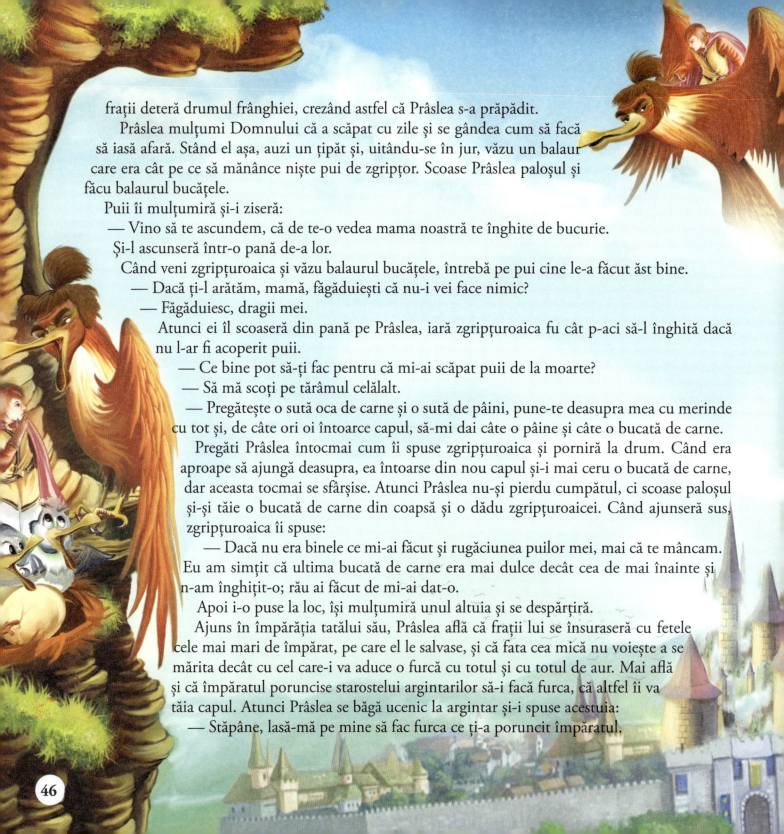

frații deteră drumul frânghiei, crezând astfel că Prâslea s-a prăpădit.

Prâslea mulțumi Domnului că a scăpat cu zile și se gândea cum să facă să iasă afară. Stând el așa, auzi un țipăt și, uitându-se în jur, văzu un balaur care era cât pe ce să mănânce niște pui de zgripțor. Scoase Prâslea paloșul și făcu balaurul bucățele.

Puii îi mulțumiră și-i ziseră:

— Vino să te ascundem, că de te-o vedea mama noastră te înghite de bucurie.

Și-l ascunseră într-o pană de-a lor.

Când veni zgripțuroaica și văzu balaurul bucățele, întrebă pe pui cine le-a făcut ăst bine.

— Dacă ți-l arătăm, mamă, făgăduiești că nu-i vei face nimic?

— Făgăduiesc, dragii mei.

Atunci ei îl scoaseră din pană pe Prâslea, iară zgripțuroaica fu cât p-aci să-l înghită dacă nu l-ar fi acoperit puii.

— Ce bine pot să-ți fac pentru că mi-ai scăpat puii de la moarte?

— Să mă scoți pe tărâmul celălalt.

— Pregătește o sută oca de carne și o sută de pâini, pune-te deasupra mea cu merinde cu tot și, de câte ori oi întoarce capul, să-mi dai câte o pâine și câte o bucată de carne.

Pregăti Prâslea întocmai cum îi spuse zgripțuroaica și porniră la drum. Când era aproape să ajungă deasupra, ea întoarse din nou capul și-i mai ceru o bucată de carne, dar aceasta tocmai se sfârșise. Atunci Prâslea nu-și pierdu cumpătul, ci scoase paloșul și-și tăie o bucată de carne din coapsă și o dădu zgripțuroaicei. Când ajunseră sus, zgripțuroaica îi spuse:

— Dacă nu era binele ce mi-ai făcut și rugăciunea puilor mei, mai că te mâncam. Eu am simțit că ultima bucată de carne era mai dulce decât cea de mai înainte și n-am înghițit-o; rău ai făcut de mi-ai dat-o.

Apoi i-o puse la loc, își mulțumiră unul altuia și se despărțiră.

Ajuns în împărăția tatălui său, Prâslea află că frații lui se însuraseră cu fetele cele mai mari de împărat, pe care el le salvase, și că fata cea mică nu voiește a se mărita decât cu cel care-i va aduce o furcă cu totul și cu totul de aur. Mai află și că împăratul poruncise starostelui argintarilor să-i facă furca, că altfel îi va tăia capul. Atunci Prâslea se băgă ucenic la argintar și-i spuse acestuia:

— Stăpâne, lasă-mă pe mine să fac furca ce ți-a poruncit împăratul.

— Atâția meșteri n-au putut s-o facă și tocmai un nepriceput ca tine s-ar pomeni să-ncerce?

— Dacă nu-ți fac furca de azi în trei zile, atunci să-mi faci ce vei dori.

Și se închise Prâslea într-o odaie și ieși după trei zile cu furca pe care o meșterise din mărul de aur al zmeului. Bucuros, argintarul se duse cu ea la palat, iar fata cea mică, când o văzu, pricepu îndată că Prâslea a scăpat cu viață de pe tărâmul zmeilor și spuse:

— Împărate, cine a făcut furca poate să mai facă încă un lucru: o cloșcă cu pui cu totul și cu totul din aur.

Împăratul îi porunci argintarului să facă o cloșcă cu puii de aur, iar când argintarul se întoarse cu cloșca la palat, fata spuse:

— Mărite împărate, cine a făcut aste două lucruri trebuie sa aibă mărul de aur al zmeului. Poruncește, rogu-te, argintarului să aducă pe meșterul care le-a făcut.

Atunci argintarul îl îmbrăcă pe Prâslea în haine noi și-l duse la palat. Când îl văzu fata, îi spuse împăratului cu ochii înlăcrimați:

— Acesta e viteazul care ne-a scăpat din mâinile zmeilor.

Uitându-se împăratul mai bine la voinic, îl recunoscu pe fiul lui cel mic. Prâslea povesti toată istoria sa, iar împăratul, supărat, chemă pe feciorii cei mari și-l întrebă pe Prâslea cum să-i pedepsească.

— Tată, eu îi iert. Să aruncăm fiecare cu câte o săgeată în sus și Dumnezeu îl va pedepsi pe cel care a greșit cu ceva.

Așa și făcură. Ieșiră frații în curte, aruncară săgețile și, când căzură cele ale fraților mari, le căzură drept în creștetul capului și-i omorâră, dar a lui Prâslea căzu mai departe.

Nuntă mare se făcu și Prâslea cel voinic luă de soție pe fata cea mică, de s-a veselit toată împărăția. Iar după moartea împăratului, Prâslea a urcat pe scaunul domnesc și a împărățit în pace de atunci și până în ziua de azi.

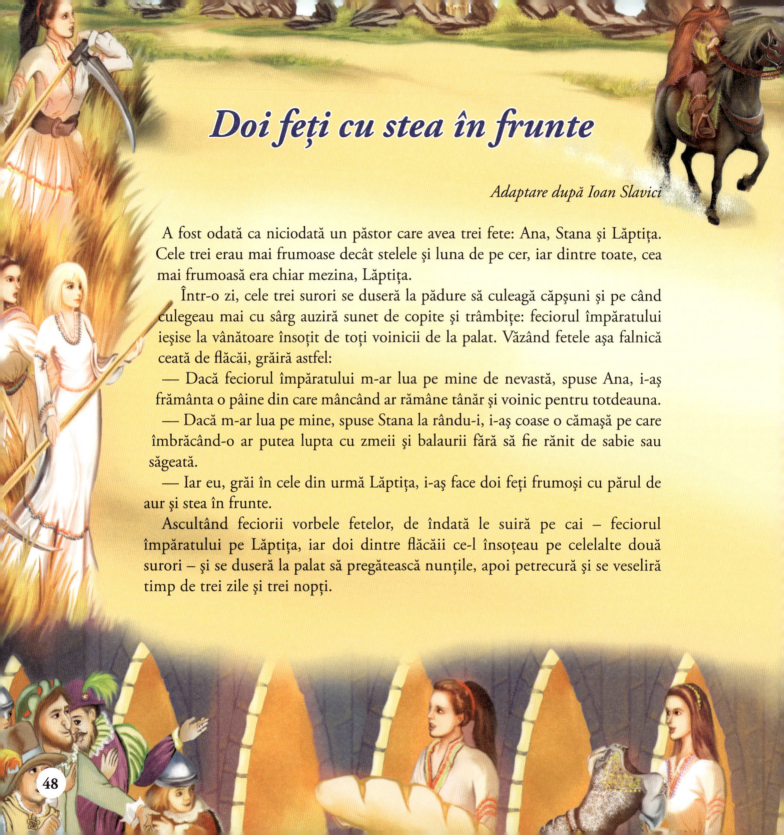

Doi feți cu stea în frunte

Adaptare după Ioan Slavici

A fost odată ca niciodată un păstor care avea trei fete: Ana, Stana și Lăptița. Cele trei erau mai frumoase decât stelele și luna de pe cer, iar dintre toate, cea mai frumoasă era chiar mezina, Lăptița.

Într-o zi, cele trei surori se duseră la pădure să culeagă căpșuni și pe când culegeau mai cu sârg auziră sunet de copite și trâmbițe: feciorul împăratului ieșise la vânătoare însoțit de toți voinicii de la palat. Văzând fetele așa falnică ceată de flăcăi, grăiră astfel:

— Dacă feciorul împăratului m-ar lua pe mine de nevastă, spuse Ana, i-aș frământa o pâine din care mâncând ar rămâne tânăr și voinic pentru totdeauna.

— Dacă m-ar lua pe mine, spuse Stana la rându-i, i-aș coase o cămașă pe care îmbrăcând-o ar putea lupta cu zmeii și balaurii fără să fie rănit de sabie sau săgeată.

— Iar eu, grăi în cele din urmă Lăptița, i-aș face doi feți frumoși cu părul de aur și stea în frunte.

Ascultând feciorii vorbele fetelor, de îndată le suiră pe cai – feciorul împăratului pe Lăptița, iar doi dintre flăcăii ce-l însoțeau pe celelalte două surori – și se duseră la palat să pregătească nunțile, apoi petrecură și se veseliră timp de trei zile și trei nopți.

După nuntă, Ana frământă o pâine pentru soțul ei, Stana cusu o cămașă pentru bărbatul ei, așa cum promiseseră la culesul căpșunilor. Numai Lăptița întârzia să îndeplinească cele spuse. Dar, într-o bună zi, feciorul împăratului anunță toată împărăția că soția lui avea să dea naștere celor doi feți frumoși cu stea în frunte.

Însă mama vitregă a feciorului îi puse gând rău Lăptiței, așa că îi fură copiii cu părul de aur ce abia îi născuse, îi îngropă în spatele palatului și în locul lor puse în pătuț doi căței. Când feciorul de împărat se întoarse acasă și văzu că nevasta îi născuse doi cățeluși, negru de supărare, porunci s-o îngroape în pământ până la sâni, ca să-i fie învățătură de minte, iar el se căsători cu fata din prima căsătorie a mamei vitrege.

Dar din locul în care cei doi copilași au fost îngropați au răsărit doi paltini falnici, care creșteau într-o noapte cât alții într-un an.

— Să fie tăiați imediat, porunci împărăteasa, care bănuia că nu-i lucru curat cu cei doi paltini.

— Ba lăsați-i să crească, porunci împăratul, că așa paltini n-am mai văzut încă. Și-mi place să mă bucur de umbra lor și să aud foșnetul frunzelor la fereastra mea.

Dar împărăteasa își puse în gând cu orice preț să stârpească paltinii și-l bătu pe împărat la cap zi de zi, până când acesta se învoi:

— Bine, fie pe voia ta, îi tăiem, dar să facem din ei câte un pat, unul pentru mine și altul pentru tine.

Împărăteasa fu de acord și, când împăratul se culcă în patul lui, dormi neîntors toată noaptea, dar femeia dormi ca pe ace și spini, pentru că auzi cum vorbeau cei doi frați între ei:

— Ți-e greu, frățioare? întrebă unul dintre frați.

— Ba mie nu mi-e greu, căci pe mine se odihnește iubitul meu tată. Dar ție ți-e greu?

— Greu mi-e, frățioare, că pe mine doarme maștera cea rea.

A doua zi, împărăteasa porunci să ardă cele două paturi. Și în timp ce ardeau, săriră două scântei care se prefăcură în doi mielușei cu lâna mai strălucitoare decât aurul. Imediat ce-i văzu, împărăteasa îi duse repede la palat și-i arătă soțului. Acesta prinse drag de ei și nu-i pierdea din ochi cât era ziua de lungă. Înciudată, împărăteasa le puse gând rău și nu se lăsă până nu reuși să-l convingă pe împărat să-i taie și să-i mănânce.

Nimeni nu băgă de seamă că rămăseseră două resturi din carnea mielușeilor în vasul în care s-a pregătit mâncarea, iar când slujnicele au spălat oalele la râu, bucățelele au fost luate de apă și s-au prefăcut în doi peștișori cu solzii de aur. Mult s-au mai minunat pescarii împărătești când au prins peștișorii și și-au pus în gând să-i ducă în dar feciorului de împărat.

— Nu ne duce la palat, că acolo ne-om găsi pieirea, îl rugară pe unul dintre pescari.
— Și ce să fac dară cu voi? întrebă pescarul.
— Lasă-ne în roua din iarbă și întoarce-te de-abia când soarele a uscat roua de pe noi.

Și pescarul așa și făcu. Iar când s-a întors, a găsit în locul peștișorilor doi feți cu părul de aur și cu stea în frunte.

— Acum lasă-ne să mergem la tatăl nostru, grăiră ei către pescar.

Și acesta îi îmbrăcă frumos, le dădu câte o căciulă cu care să-și acopere pletele de aur și stelele din frunte, iar băieții porniră către palat.

— Ce gălăgie și hărmălaie se aude la porțile palatului? întrebă împăratul furios pentru că-l deranjaseră de la masă.
— Doi băieți cer să te vadă, Măria Ta.
— Aduceți-i în fața mea, porunci împăratul, curios să vadă cine îndrăznise să-l tulbure în timpul prânzului.

Când cei doi frați intrară în sala tronului, una dintre pernele pe care ședea împărăteasa căzu.

— Ei bine, grăi împăratul, cine sunteți, de unde veniți și ce voiți?

— Suntem doi frați gemeni, Măria Ta, și venim a-ți cânta un cântec pe care-l cunoști fără să știi.

Și abia terminaseră de rostit asta, când de sub împărăteasă mai sări o pernă.

— Lasă-i să plece cu prostiile lor, rosti împărăteasa speriată.

— Ba nu, lasă-i să cânte să vedem ce au să spună.

Și cei doi băieți începură a cânta povestea vieții lor. Și, când ajunseră la sfârșit, își scoaseră căciulile de pe cap, iar toată lumea din palat își acoperi ochii, ca nu cumva să orbească de atâta strălucire, iar împărăteasa căzu de tot de pe scaunul ei.

Cu ochii plini de lacrimi, împăratul își îmbrățișă feciorii, porunci să o aducă pe Lăptița și s-o așeze în capul mesei ca împărăteasă. Pe mama lui vitregă și pe fata acesteia le pedepsi așa cum meritau și avu de grijă să nu mai facă rău nimănui câte zile or mai fi avut.

Ileana Sânziana

Adaptare după Petre Ispirescu

A fost odată un împărat viteaz care avea trei fete. Supărarea lui cea mare era că nu avea niciun fiu pe care să-l trimită împăratului vecin să-l slujească în lupte.

Văzându-l fetele pe tatăl lor cum stă pe gânduri, într-o zi îl întrebară care-i pricina supărării sale. Când văzu împăratul că-l întețesc cu întrebările, în cele din urmă le zise:

— Iată, fetele mele, de ce-s trist: toți supușii împărăției trebuie să trimită câte un fecior să-i slujească împăratului vecin, și eu vă am numai pe voi.

Când auzi fata cea mare, îngenunche la picioarele împăratului spunându-i:

— Mă duc eu, tată, și făgăduiesc că nu te voi face de rușine!

Împăratul se înduplecă, dar îi spuse că mare ispravă n-are să facă. Fata, bucuroasă, nu-l ascultă și se pregăti de drum. Dar împăratul, vrând să vadă dacă fiica sa este de vreo ispravă, îi ieși înainte prefăcut în lup. Fata, când văzu dinții rânjiți și ochii fulgerători ai lupului, își pierdu cumpătul și o luă la fugă spre palat.

Nu trecu mult și ceru și fata cea mijlocie să fie lăsată să încerce, dar păți la fel ca sora cea mare. Vremea trecea și supărarea împăratului se adâncea. Într-o zi, fata cea mică îi zise tatălui:

— Tată, lasă-mă, rogu-te, să mă duc și eu să-mi încerc norocul.

Împăratul se învoi cu greu, dar îi dădu voie mezinei să plece. Fata se pregăti de plecare, dar chibzui ce însoțitor să-și aleagă pentru drum. Își aminti de calul tatălui din tinerețe și se duse la grajd. Acolo dădu peste un cal răpciugos și îl îngriji vreme de zece zile. În a zecea zi, calul se scutură, se prefăcu într-o frumusețe de roib și îi spuse fetei:

— Să-ți dea Dumnezeu noroc că m-ai îngrijit. Te voi sluji cum am slujit și pe tatăl tău. Trebuie doar să mă asculți și să te pregătești de drum.

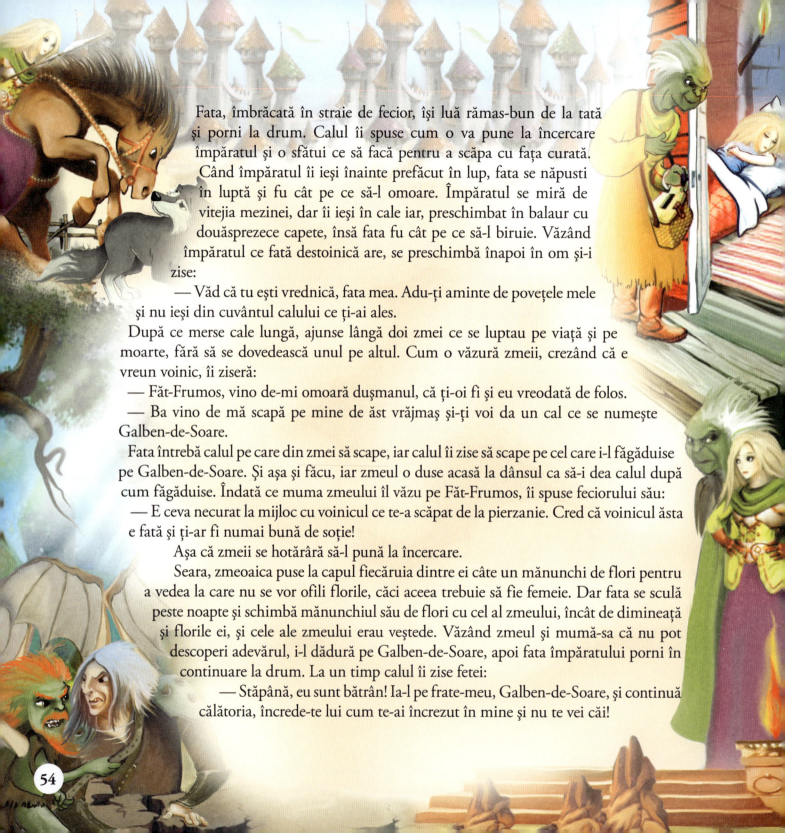

Fata, îmbrăcată în straie de fecior, își luă rămas-bun de la tată și porni la drum. Calul îi spuse cum o va pune la încercare împăratul și o sfătui ce să facă pentru a scăpa cu fața curată. Când împăratul îi ieși înainte prefăcut în lup, fata se năpusti în luptă și fu cât pe ce să-l omoare. Împăratul se miră de vitejia mezinei, dar îi ieși în cale iar, preschimbat în balaur cu douăsprezece capete, însă fata fu cât pe ce să-l biruie. Văzând împăratul ce fată destoinică are, se preschimbă înapoi în om și-i zise:

— Văd că tu ești vrednică, fata mea. Adu-ți aminte de poveţele mele și nu ieși din cuvântul calului ce ți-ai ales.

După ce merse cale lungă, ajunse lângă doi zmei ce se luptau pe viață și pe moarte, fără să se dovedească unul pe altul. Cum o văzură zmeii, crezând că e vreun voinic, îi ziseră:

— Făt-Frumos, vino de-mi omoară dușmanul, că ți-oi fi și eu vreodată de folos.

— Ba vino de mă scapă pe mine de ăst vrăjmaș și-ți voi da un cal ce se numește Galben-de-Soare.

Fata întrebă calul pe care din zmei să scape, iar calul îi zise să scape pe cel care i-l făgăduise pe Galben-de-Soare. Și așa și făcu, iar zmeul o duse acasă la dânsul ca să-i dea calul după cum făgăduise. Îndată ce muma zmeului îl văzu pe Făt-Frumos, îi spuse feciorului său:

— E ceva necurat la mijloc cu voinicul ce te-a scăpat de la pierzanie. Cred că voinicul ăsta e fată și ți-ar fi numai bună de soție!

Așa că zmeii se hotărâră să-l pună la încercare.

Seara, zmeoaica puse la capul fiecăruia dintre ei câte un mănunchi de flori pentru a vedea la care nu se vor ofili florile, căci aceea trebuie să fie femeie. Dar fata se sculă peste noapte și schimbă mănunchiul său de flori cu cel al zmeului, încât de dimineață și florile ei, și cele ale zmeului erau veștede. Văzând zmeul și mumă-sa că nu pot descoperi adevărul, i-l dădură pe Galben-de-Soare, apoi fata împăratului porni în continuare la drum. La un timp calul îi zise fetei:

— Stăpână, eu sunt bătrân! Ia-l pe frate-meu, Galben-de-Soare, și continuă călătoria, încrede-te lui cum te-ai încrezut în mine și nu te vei căi!

Cu părere de rău, fata împăratului se despărți de calul ei credincios și încălecă pe Galben-de-Soare. Merseră ei ce merseră, până când fata zări o cosiță de aur. Întrebă calul dacă s-o ia ori s-o lase locului, iar acesta-i spuse:

— De o vei lua, te vei căi, de nu o vei lua, iarăși te vei căi, dar mai bine ia-o.

Fata o luă și își continuă drumul către curtea împăratului celui mai mare și mai tare. Trecură peste dealuri, peste munți și văi și ajunseră la curtea acestuia. Văzând împăratul ce cuminte e tânărul abia sosit, prinse drag de el și-l luă pe lângă dânsul. Din pricina asta, ceilalți fii de împărați prinseră pizmă pe fecior și îi purtau sâmbetele. Într-o zi îi spuseră împăratului că feciorul de curând venit s-ar fi lăudat că știe unde este Ileana Sânziana și că are o cosiță din părul ei de aur. Auzind acestea, împăratul îl chemă pe tânărul fecior:

— Ai știut de Ileana Sânziana și nu mi-ai spus nimic? Îți poruncesc să-mi aduci pe stăpâna acestei cosițe, căci de nu, unde-ți stau tălpile îți va sta și capul.

Fata, înainte de a porni la drum, îi ceru împăratului douăzeci de corăbii și marfă din cea mai aleasă să pună într-însele. Fata de împărat și calul ei năzdrăvan călătoriră pe mare câteva săptămâni, până ajunseră cu corăbiile la smârcurile mărilor. Acolo se afla palatul unde un zmeu necruțător o ținea prizonieră pe Ileana Sânziana. Înainte de a coborî pe uscat, fata împăratului luă o pereche de conduri împodobiți cu pietre nestemate. Când ajunse la țărm, îi ieșiră înainte trei slujnice de la palat și fata le spuse că este un negustor ce a rătăcit drumul pe mare. Când au văzut cele trei fete condurii, au dat fuga să-i spună stăpânei ce podoabe frumoase are negustorul cel chipeș. Ileana Sânziana vru să vadă și ea și urcă pe corabie. Tot alegând podoabe, Ileana Sânziana nu băgă de seamă că se depărtaseră de uscat.

Muma zmeului se luă însă după ei, cu o falcă în cer și una în pământ, aruncând văpăi din gură ca dintr-un cuptor. Văzând ce vine din urma lor, Galben-de-Soare spuse fetei:

— Bagă mâna în urechea mea stângă, scoate gresia de acolo și o aruncă înapoi.

Așa și făcu fata împăratului și în urma lor se înălță pe dată un munte de piatră.

Muma zmeului făcu ce făcu și trecu muntele. Ascultând din nou de cal, fata scoase din urechea lui dreaptă o perie și o aruncă.

Îndată se făcu o pădure mare și deasă, dar zmeoaica trecu și de asta.

Atunci calul o sfătui pe fată:

— Scoate inelul de logodnă de pe degetul Ilenei Sânzienei și aruncă-l înapoi!

Cum aruncă inelul, se făcu un zid de cremene până la cer. De astă dată, muma zmeului nu mai putu trece dincolo, așa că suflă văpaie de foc până crăpă de necaz.

Când au ajuns la curte, împăratul se îndrăgosti de Ileana Sânziana și vru să se cunune grabnic, dar inima ei era la Făt-Frumosul ce o scăpase de zmeu, așa că-i zise împăratului:

— Luminate împărate, eu nu mă pot mărita până nu mi-i aduce herghelia mea de iepe cu armăsar cu tot.

Împăratul chemă din nou pe fata împăratului și o trimise să aducă herghelia.

Fata împăratului se supuse, dar se duse la Galben-de-Soare să-i spună nedreptatea, iar calul o povățui:

— Caută nouă piei de bivol, așază-le pe mine și pornim la drum.

Fata plecă cu Galben-de-Soare și ajunseră pe tărâmul unde pășteau iepele. Necheză o dată Galben-de-Soare și toată herghelia se adună în jurul lui. Apoi veni și armăsarul iepelor, plin de spume, și se repezi la Galben-de-Soare. Când se da armăsarul la Galben-de-Soare, mușca din pieile de bivol, dar când Galben-de-Soare se da la armăsar mușca din carne vie, până-l birui. Atunci fata adună herghelia laolaltă și o duse la curtea împăratului.

Văzând așa, Ileana Sânziana ceru împăratului să-i aducă lapte de la iepele ei pentru a se îmbăia amândoi înainte de nuntă. Păcatul căzu iar pe fata de împărat, care primi poruncă să le mulgă. Fata se rugă la Dumnezeu să o ajute, iar acesta, ascultându-i ruga, porni o ploaie de ajunse apa până la genunchii iepelor, apoi dete un îngheț ca să nu se mai miște din loc și așa reuși să mulgă iepele.

Când primi și laptele iepelor, Ileana Sânziana spuse atunci împăratului:

— Împărate, tot ce am cerut mi s-a împlinit. Un lucru mai vreau, apoi ne vom cununa. Să-mi aduci vasul de botez care se păstrează într-o bisericuță de peste apa Iordanului.

Împăratul chemă iarăşi pe fata de împărat şi-i porunci să aducă degrabă vasul. Fata luă calul şi trecu apa Iordanului, apoi ajunse la acea bisericuţă. Vasul era păzit de nişte călugăriţe, dar în acele zile venise un pustnic să le povăţuiască de cele sfinte şi numai una singură rămăsese de pază, dar adormise în pragul uşii. Fata se strecură pe lângă zid, luă vasul, încălecă pe cal şi pe ici ţi-e drumul.

Când se trezi călugăriţa şi văzu că lipseşte vasul, începu a boci de ţi se rupea inima. Pustnicul, dacă văzu că nu mai e nimic de făcut, blestemă hoţul zicând:

— Doamne, fă ca nelegiuitul care a furat vasul din biserică să se facă muiere de va fi bărbat, iar de va fi muiere să se facă bărbat!

Şi îndată blestemul pustnicului se făptui, iar fata împăratului se preschimbă într-un flăcău de-ţi era dragă lumea să te uiţi la el.

Văzând Ileana Sânziana că i se împlini şi ultima dorinţă, se hotărî să se răzbune pe împărat că-l trimise pe Făt-Frumos la toate slujbele cele grele.

Atunci porunci să încălzească baia pentru a se îmbăia cu împăratul în laptele muls de la iepe. După ce intră în baie, chemă armăsarul să sufle aer răcoros. Dar acesta suflă cu o nară spre dânsa răcoare, iar cu cealaltă suflă spre împărat aer înfocat, încât rămase mort pe loc. Atunci Ileana Sânziana îi zise lui Făt-Frumos:

— Tu m-ai adus aici, tu mi-ai adus herghelia şi vasul de botez, tu să-mi fii bărbat. Hai să ne îmbăiem şi să ne cununăm.

Şi a doua zi s-au şi cununat, apoi au urcat în scaunul împărăţiei şi toată lumea s-a bucurat de un împărat aşa viteaz.

Iar Făt-Frumos a domnit cu dreptate, având grijă de săraci şi neasuprind pe nimeni pe nedrept.

Palatul de cleștar

Adaptare după Barbu Ștefănescu-Delavrancea

Pe la începutul vremurilor, pe când împărații fie mureau de buzdugan, fie trăiau de-i uita lumea, pe atunci se pare că domnea un împărat cu stema ruptă din soare, în cel mai frumos palat de cleștar, și împărățea peste cel mai înțelept și mai viteaz popor.

Într-o bună zi, împăratul văzu că stema din cununa sa se umflă și crește cât oul de gâscă, chiar și mai mare. Înfricoșat, împăratul se luptă cu namila de diamant, dar piatra îl birui și împăratul se puse pe un plâns de ți se rupea inima.

Toți cei ai curții împărătești, împreună cu fiicele împăratului, încercară să-l mângâie și să-l liniștească, iar cel mai apropiat dintre sfătuitori îi grăi așa:

— Împărate, locuiești într-un palat de cleștar, înconjurat de toate bogățiile, ai trei fete ca niște zâne, iar supușii tăi te iubesc ca pe nimeni altul. După atâta noroc, Măria Ta, ce-i fi având de plângi?

Împăratul, curmându-și plânsul, cercetă stema împărătească și văzu că nu e nici mai mare, nici mai mică de cum trebuie să fie și se potoli.

Apoi făcu semn tuturor să plece și-o opri doar pe sora lui cea mare și înțeleaptă, căreia îi spuse:

— Surioară, pe mine m-a ajuns bătrânețea cea grea, iar stema îmi pare câteodată mare și mă apasă până ce mă culcă la pământ. Semn e că de nu fac ceva să găsesc un urmaș al acestui tron, întregul nostru neam va cădea. Ia aceste chei și coboară sub talpa de răsărit a palatului de cleștar, pentru a afla cuvântul și povața Înțelepciunii asupra stemei împărătești.

Şi împăratul scoase din sân patru chei: una de aramă, una de argint, una de aur şi alta de diamant şi adăugă:

— Cheile îţi vor deschide uşile ferecate, acolo unde zac patimile cele mari şi cele mici. Dar ai grijă să nu cumva să pierzi cheile, că peste mare necaz vom da.

În miez de noapte, sora împăratului coborî în beciurile de răsărit ale palatului. Acolo descuie pe rând o încăpere de aramă, una de argint şi alta de aur.

Când descuie încăperea de diamant, sora împăratului împietri de spaimă, căci dădu peste un balaur ce scotea flăcări şi fum şi care atunci când o zări îi spuse:

— Femeie cu suflet de bărbat, să ţii minte că cine ţine cheile tainelor este mai mare şi mai tare decât mine!

Nici nu termină balaurul de rostit că şi dispăru, iar femeia se trezi în camera de diamant, unde văzu trei femei înlănţuite care se certau neîncetat.

— Vai ce poftă de ceartă am! Spune, străino, ce războaie s-au mai iscat, ce neînţelegeri mai sunt pe faţa pământului?

— Tu taci şi lasă-mă pe mine să întreb. Că numai eu pot stârni bătălii între popoare.

Cea de-a treia se hlizea fără încetare și se vedea că e cu mințile rătăcite.

— Hi, hi, hi, dacă aș ieși de aici toată lumea ar fi fericită.

Și cum femeia încerca să scape de vorbele lor grele, auzi deodată o voce blândă și pașnică:

— Nu le băga în seamă. Sunt surorile mele vitrege, Cearta, Ura și Prostia. Nu știu să facă nimic altceva decât să vorbească neîncetat și fără noimă. De aceea sunt legate în lanțuri, iar eu le păzesc. Dar spune-mi, femeie, ce te aduce pe la noi?

— Tu, după cum grăiești, trebuie să fii Înțelepciunea. Iar eu am venit să aflu cum poate fratele meu, împăratul, să aibă moștenitor la tron.

— Spune-i viteazului crai că trebuie să cunune pe una dintre fetele sale cu flăcăul ce cântă din fluier așa de minunat, încât păsările se opresc din cântat, soarele din strălucit și pământul din rotit.

Nu termină bine de grăit Înțelepciunea, că celelalte trei surori se porniră pe plâns, văitat și tremurat, încăperea începu să se zguduie din temelii, iar sora împăratului o luă la goană înspăimântată spre suprafața pământului. Însă în graba sa pierdu cheile pe care împăratul i le dăduse în grijă.

Când ajunse la palat, împăratul se repezi nerăbdător:

— Spune degrabă ce sfat ți-a dat Înțelepciunea? Ce trebuie să fac ca să am moștenitor?

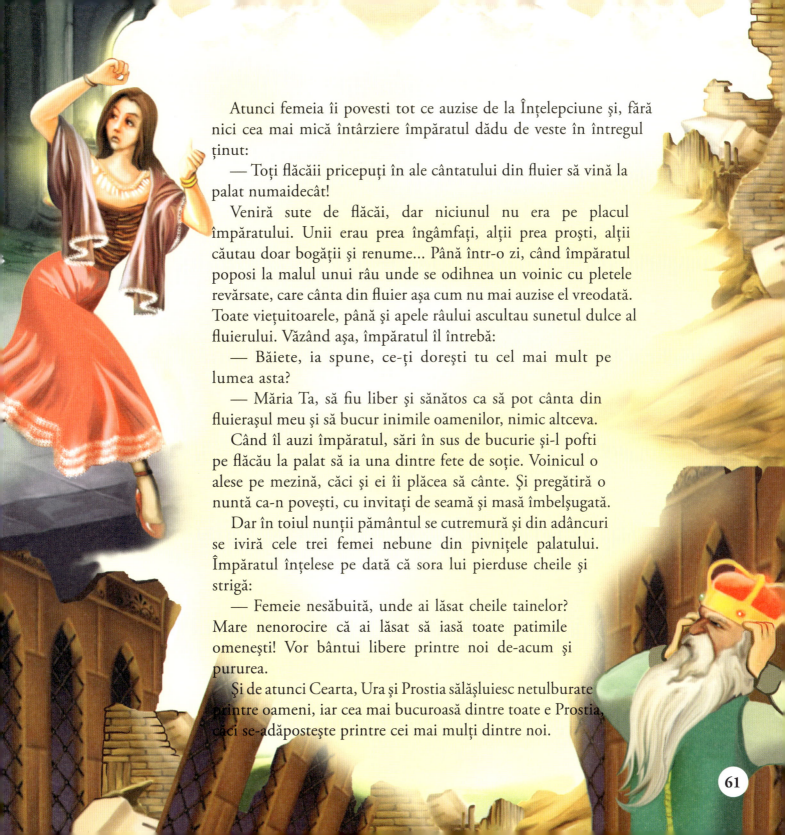

Atunci femeia îi povesti tot ce auzise de la Înțelepciune și, fără nici cea mai mică întârziere împăratul dădu de veste în întregul ținut:

— Toți flăcăii pricepuți în ale cântatului din fluier să vină la palat numaidecât!

Veniră sute de flăcăi, dar niciunul nu era pe placul împăratului. Unii erau prea îngâmfați, alții prea proști, alții căutau doar bogății și renume... Până într-o zi, când împăratul poposi la malul unui râu unde se odihnea un voinic cu pletele revărsate, care cânta din fluier așa cum nu mai auzise el vreodată. Toate viețuitoarele, până și apele râului ascultau sunetul dulce al fluierului. Văzând așa, împăratul îl întrebă:

— Băiete, ia spune, ce-ți dorești tu cel mai mult pe lumea asta?

— Măria Ta, să fiu liber și sănătos ca să pot cânta din fluierașul meu și să bucur inimile oamenilor, nimic altceva.

Când îl auzi împăratul, sări în sus de bucurie și-l pofti pe flăcău la palat să ia una dintre fete de soție. Voinicul o alese pe mezină, căci și ei îi plăcea să cânte. Și pregătiră o nuntă ca-n povești, cu invitați de seamă și masă îmbelșugată.

Dar în toiul nunții pământul se cutremură și din adâncuri se iviră cele trei femei nebune din pivnițele palatului. Împăratul înțelese pe dată că sora lui pierduse cheile și strigă:

— Femeie nesăbuită, unde ai lăsat cheile tainelor? Mare nenorocire că ai lăsat să iasă toate patimile omenești! Vor bântui libere printre noi de-acum și pururea.

Și de atunci Cearta, Ura și Prostia sălășluiesc netulburate printre oameni, iar cea mai bucuroasă dintre toate e Prostia, căci se-adăpostește printre cei mai mulți dintre noi.

Greuceanu

Adaptare după Petre Ispirescu

A fost odată un împărat pe nume Împăratul Roșu. El era foarte mâhnit că, în acele vremuri, niște zmei furaseră Soarele și Luna de pe cer. Dădu sfoară-n țară că oricine va izbuti să scoată Soarele și Luna de la zmei, aceluia îi va da pe fiică-sa de nevastă și jumătate din împărăție, iar cine nu va izbândi, aceluia îi va tăia capul.

Mulți voinici se încumetaseră să scoată la capăt o asemenea îndatorire, dar niciunul nu izbuti să o sfârșească. Pe vremea aceea se aciuă prin împărăția lui Roș Împărat un viteaz pe nume Greuceanu. Auzind și el de făgăduința împărătească, își luă inima în dinți și se înfățișă la împărat să se închine acestuia:

— Mărite Doamne, mulți voinici s-au pornit să scoată de la zmei Soarele și Luna, dar niciunul n-a putut să-și ducă la bun sfârșit legămintele. Lasă-mă și pe mine, luminate împărate, să-mi încerc norocul și să-i pedepsim pe acei blestemați de zmei pentru îndrăzneala lor. Dar, rogu-te, mai întâi fii milostiv și dă-mi o mână de ajutor.

Când auzi împăratul asemenea vorbe se bucură, dar, văzând că voinicul vrea să sară peste hotărârea ce a luat-o pentru toți cei care încearcă să învingă pe zmei și nu reușesc, îi spuse:

— Greucene, mult mă bucură curajul tău, dar eu nu pot să schimb nicio vorbă din hotărârea ce am luat-o. Porunca mea e una pentru toată împărăția!

— Fie, Măria Ta! Chiar de-aș ști că voi pieri, tot nu mă voi lăsa până nu voi duce la capăt îndatorirea ce-mi iau de bună-voie.

Se învoiră și peste câteva zile Greuceanu, împreună cu fratele său, porniră la drum lung și greu.

Mersără ei cale lungă până ce ajunseră la Faurul-Pământului, cu care Greuceanu era frate de cruce. Aici se opriră și poposiră. Trei zile și trei nopți Greuceanu și Faurul-Pământului s-au sfătuit și-au plănuit ce aveau de făcut.

În a patra zi, Greuceanu și frate-său porniră din nou la drum. După plecarea celor doi, Faurul-Pământului se apucă și făcu chipul lui Greuceanu numai și numai din fier și porunci să ardă mereu în foc.

Greuceanu și frate-său merseră cale lungă până ce ajunseră la o răscruce. Cei doi se îmbrățișară, își luară rămas-bun și, înfigând un cuțit în pământ, își ziseră:

— Cel care se va întoarce mai întâi și va găsi cuțitul ruginit să nu-l mai aștepte pe celălalt, fiindcă aceasta înseamnă că a murit.

Apoi Greuceanu apucă la dreapta, iar fratele său la stânga.

Fratele lui Greuceanu umblă multă vreme în zadar, așa că se întoarse la locul de despărțire. Acolo găsi cuțitul curat, iar feciorul se puse a-l aștepta pe Greuceanu cu bucurie, mai ales că Soarele și Luna erau la locul lor pe cer.

După ce se despărți de frate, Greuceanu merse pe o potecă până ce ajunse la casele zmeilor. Ajuns aici, se dădu de trei ori peste cap, se preschimbă în porumbel și se puse pe un pom tocmai în fața caselor.

Ieșind afară fata cea mare a zmeului, degrabă chemă pe mumă-sa și pe soră-sa cea mică și le spuse:

— Pasărea asta gingașă nu seamănă a pasăre, iar ochii ei par a fi ochii lui Greuceanu. Dumnezeu să-și facă milă de noi și de-ai noștri!

Apoi zmeoaicele intrară în casă și se puseră la sfat. Greuceanu se dădu iarăși de trei ori peste cap, iar de data asta se făcu o muscă și intră în cămara unde se sfătuiau ele. După ce ținu minte tot ce auzi, ieși afară și se ascunse sub un pod ce ducea la Codrul Verde. Din cele ce auzise, știa că zmeii se duseseră la vânătoare și aveau să se întoarcă pe acolo unul de cu seară, altul la miezul nopții și tartorul cel mare spre ziuă.

Așteptând Greuceanu acolo, zmeul cel mic dete să treacă pe pod cu calul, dar calul sări înapoi de șapte pași. Zmeul mânios zise:

— Pe lumea asta nu mi-e frică de nimeni, ci numai de Greuceanu, dar și pe acela îl voi culca la pământ cu o lovitură.

Atunci Greuceanu ieși de sub pod zicând:

— Vino, zmeule viteaz, în săbii să ne tăiem sau în luptă să ne luptăm!

— Ba în luptă, că e mai dreaptă.

Se luară la trântă și se luptară din zi și până-n noapte, când Greuceanu îl apucă odată pe zmeu și-l băgă în pământ până la gât, apoi îi tăie capul.

La miezul nopții apăru și fratele cel mare al zmeului, iar Greuceanu îl răpuse ca și pe cel dintâi.

În zori apăru și tatăl zmeilor la capul podului, iar calul lui sări șaptezeci și șapte de pași înapoi. Atunci zmeul, mânios, răcni:

— Pe lumea asta nu mi-e frică de nimeni, numai de Greuceanu, dar și pe acesta îl voi ochi cu săgeata și-l voi culca la pământ.

Atunci Greuceanu ieși de sub pod și-i zise:

— Zmeule viteaz, vino să ne batem, în săbii să ne tăiem, în sulițe să ne lovim ori în luptă să ne luptăm?

— Ba în luptă, că e mai dreaptă!

Și luptară zi de vară până-n seară, până osteniră. Atunci trecu pe deasupra lor un corb și zmeul îi zise:

— Corbule, corbule, adu-mi un cioc de apă și-ți voi da de mâncare un voinic cu calul lui cu tot.

Zise și Greuceanu:

— Corbule, corbule, adu-mi te rog un cioc de apă, căci eu îți voi da de mâncare trei leșuri de zmei și trei de cai.

Și corbul aduse apă lui Greuceanu, iar acesta mai prinse la suflet și se înzdrăveni. Atunci îl apucă pe zmeu și-l băgă în pământ până la gât și, ținându-i piciorul pe cap, îi porunci:

— Spune-mi, zmeule spurcat, unde ai ascuns Soarele şi Luna, căci scăpare nu mai ai!

Se codea zmeul, îngâna verzi şi uscate, dar Greuceanu îi mai zise:

— De-mi vei spune ori nu, eu tot le voi găsi şi capul ţi-l voi reteza.

Atunci zmeul, nădăjduind că va scăpa cu viaţă, spuse:

— În Codrul Verde este un turn. Acolo înăuntru sunt Soarele şi Luna, iar cheia este degetul meu cel mic de la mâna dreaptă.

Cum auzi Greuceanu, îi şi reteză capul, apoi îi tăie degetul şi deschise cu el uşa unde erau ascunse Soarele şi Luna, apoi le aruncă pe cer. Mulţumit că a scos la capăt slujba, o luă la drum înapoi. Îl găsi cu bucurie pe frate-său la locul de întâlnire şi întinseră pasul ca să se întoarcă degrabă la Împăratul Roş.

În drum deteră peste un păr plin cu pere de aur şi fratele lui Greuceanu vru să culeagă câteva pentru a-şi mai potoli foamea. Greuceanu, care ştia de planul zmeoaicelor, se împotrivi, scoase paloşul şi lovi părul drept la rădăcină.

Şi odată începu a curge sânge şi venin, apoi un glas se auzi din pom zicând:

— Mă mâncaşi friptă, Greucene, precum ai mâncat şi pe bărbatul meu.

Şi nimic nu mai rămase din acel păr, decât praf şi cenuşă, iar frate-său încremeni de mirare neştiind ce sunt toate acestea.

Nu după multă vreme, întâlniră o fântână cu apă limpede şi rece. Fratele lui Greuceanu vru să bea nişte apă pentru a-şi potoli setea, dar Greuceanu împunse fundul fântânii cu paloşul şi în loc de apă începu a ieşi sânge. Pasămite fântâna aceea nu era alta decât fata cea mare a zmeului.

Cei doi porniră din nou la drum, dar Greuceanu, simţind că se luase după ei zmeoica cea bătrână, îi zise fratelui său:

— Frate, ia te uită înapoi şi spune-mi ce vezi?

— Ce să văd, frate? Un nor vine după noi ca un vârtej.

Atunci dădură bice cailor care alergau iute ca gândul şi ajunseră la Faurul-Pământului, unde se ascunseră în făuriște. În urma lor hop! și zmeoaica cea vicleană. Când văzu că n-are cum ajunge la Greuceanu, îl rugă pe acesta să facă o gaură în perete ca măcar să-i vadă fața. Acesta făcu o gaură în perete, dar Faurul-Pământului pregătise din timp chipul lui Greuceanu din fier înroșit. Când zmeoaica puse gura la spărtură ca să soarbă pe Greuceanu, Faurul-Pământului îi băgă în gură chipul de fier roșu ca focul, iar zmeoaica, înghițindu-l, muri.

Scăpând și de cea din urmă zmeoaică, Greuceanu îl trimise pe fratele său la Roșu Împărat să-i ducă vestea cea bună și să pregătească nunta, iar el rămase mai în urmă. Pe drum se întâlni cu un diavol care îi scoase cuiul din osia carului și care-i strigă din urmă:

— Măi, vericule, ți-ai pierdut cuiul, du-te de ți-l caută.

Când Greuceanu se dădu jos să-l caute, diavolul îi fură paloșul, apoi se dete de trei ori peste cap și se prefăcu în stană de piatră.

Greuceanu găsi cuiul, îl puse la loc și porni din nou la drum, dar nu băgă de seamă că îi lipsește paloșul. Se vede treaba că un sfetnic de-al împăratului se înfrățise cu diavolul ca să-i fure paloșul lui Greuceanu și astfel să ia el de soție pe fata împăratului. Văzându-l împăratul pe sfetnic cu paloșul, crezu că el era cel care izbutise să scoată Soarele și Luna de la zmei și grăbi cununia. Când sosi fratele lui Greuceanu să dea vestea cea mare, sfetnicul îl aruncă în închisoare.

Nu trecu mult timp și sosi și Greuceanu, dar fără paloșul său era un om ca toți oamenii și nici împăratul nu-l recunoștea. Abia atunci băgă de seamă voinicul că-i lipsește paloșul și pricepu îndată că nu e lucru curat, apoi îl rugă pe împărat:

— Mărite împărate, mai amână nunta încă puțin și vei vedea cu ochii tăi adevărul.

Greuceanu făcu cale întoarsă până la locul unde-și pierduse cuiul de la osie și strigă la stana de piatră de-acolo:

— Ființă netrebnică și necurată, dă-mi înapoi paloșul ce mi-ai furat, că de nu, nici praful nu se alege de tine!

Piatra nici că se clinti din loc. Atunci Greuceanu se dete de trei ori peste cap, se făcu buzdugan de oțel și începu a lovi stana pân-o făcu pulbere și-și găsi paloșul furat. Îl luă și se înfățișă repede împăratului:

— Sunt gata, mărite împărate, să arăt oricui ce poate osul lui Greuceanu. Să vină acum la mine acel sfetnic netrebnic, spre a ne înțelege la cuvinte.

Împăratul îl chemă și, când îl văzu sfetnicul pe Greuceanu, începu să tremure și-și ceru iertăciune.

Greuceanu îl iertă, apoi îl scoase pe frate-său de la închisoare și se făcu nunta și se încinseră niște veselii care ținură trei săptămâni.

Și eu încălecai pe-o șa și vă povestii așa.

Cuprins

Capra cu trei iezi 7
Ursul păcălit de vulpe 10
Fata babei și fata moșneagului. 12
Punguța cu doi bani. 14
Broasca-țestoasă cea fermecată. 17
Sarea în bucate. 20
Povestea unui om leneș. 22
Povestea porcului. 24
Fata săracului cea isteață. 28
Cinci pâini. 31
Prostia omenească. 33
Rodul tainic. 35
Povestea lui Harap-Alb. 38
Prâslea cel voinic și merele de aur. 43
Doi feți cu stea în frunte. 48
Ileana Sânziana. 53
Palatul de cleștar. 58
Greuceanu. 62